L'Instant d'avant

DIANA HADDAD

L'Instant d'avant

Je remercie Maja Popp Schmidlin pour ses encouragements.
La photographie de la couverture est de Jean Popp.

Édition : BoD – Books on Demand
12/14 rond-point des Champs-Élysées, 75008 Paris
Impression : Books on Demand GmbH, Norderstedt, Allemagne
ISBN : 978-2-3221-1147-3
Dépôt légal : septembre 2019

Du même auteur :

Le choix du Ciel, nouvelles, Édition OSL 2005
Un train d'enfer, roman, Édition OSL 2010

En participation :

À *Simone de Beauvoir, dans Herzschrittmacherin,* Édition Zytglogge 2000 ; *Transit, récit dans CH-eese,* Still Life Publishing 2000 ; *Textes sur Thèmes,* dans la revue Vivre, Lausanne ; Poèmes dans *Fremde Heimat, internationale Kulturbrücke,* Weltrundschau Verlag 2000 ; *Corps à Corps,* textes dans *Tierisches,* Édition OSL 2006 ; *Poèmes dans le recueil du magazine Lisan,* Lisan Verlag 2007 ; *Poèmes dans le recueil Anthologie,* OSL Verlag 2009 ; *l'Appel dans l'Anthologie Kopfhandwerk de femscript,* Édition 8, 2010.

« Nous tenons par une image aux biens évanouis, mais c'est l'arrachement qui forme l'image, assemble, noue le bouquet »

Nathalie Sarraute.

À Georges, à mes parents, à mon frère

Empreintes

La Lumière

Je touche la grille de ce qui fut un jardin de terre battue, gravillons et plantes éparses, avec son palmier et sa fontaine. Le crépuscule de mon arrivée s'abandonne, à ma surprise, sur une cour dallée, nue. Je longe le petit muret, n'y vois ni les craquelures du temps ni l'infamie d'obus catapultés que m'avait mentionnés un ami dans ses courriels, laisse mes doigts cahoter sur l'entrelacement ferreux des barres affectées à la surface des pierres taillées, en sent les rugosités, et à ma main de s'élever jusqu'aux extrémités pointues qui avaient effrayé mon enfance et imposé le respect à mes jeunes années. Mes copains se hissaient sur le muret, sautaient au-dessus des barres au risque de se faire embrocher, atterrissaient sains et saufs sur le trottoir où je me trouve à cet instant. Moi, je grimpais à toute allure les larges marches de marbre blanc aux fines rayures grises, ouvrais la grille en fer forgé, pour me retrouver face à mes camarades que le risque aimantait.

Je m'arrête. Je savais depuis longtemps, depuis toujours, que s'il m'était donné de revenir sur les traces du passé, mes pas s'arrêteraient justement à ce point-là. Même dans mes rêves, la halte s'imposa à chaque fois. Ma main s'abaisse, mes doigts effleurent une tige, se referment sur elle. Je ne respire plus ; que m'importe l'acte de survie. Un je-ne-sais-quoi enfle dans ma poitrine, croît. Ma main suit l'entortillement incroyable de la plante qui épouse les contorsions élaborées des barres. Tiges aux multiples méandres. Grand-père, qui dans son jeune âge avait donné vie ici à ce jasmin, n'aurait pu espérer qu'après plus d'un siècle, de quarante années de sous-traitance, de malveillance de la part de ceux qui ne permettent pas à autrui de se recueillir face à ce qu'ils ont construit et désirent sauvegarder, aurait été saisi par un sentiment de piété profonde, aurait crié au miracle devant la véracité de cette pérennité végétale. Il vit, ce buisson sorti de nulle part. De terre ? Du muret. De la pierre. Du fer. Même du maltemps.

Mes narines s'approchent. Un rond d'or mat éclaire, à l'instant, une fleur. Je porte la main à mon front.

Le soleil avait déversé ses rayons sur les pétales blancs, pénétré la délicate cavité centrale pour en extraire le doux parfum, et moi, honteux, mais pris d'une curiosité mâle au seuil de l'adolescence, j'allais en cachette cueillir la fleur et, les lèvres en boule, en aspirer le suc si doux de sa tige immaculée, imitant ainsi la coutume ostentatoire des filles de mon quartier. Il y avait la voix de ma mère qui appelait du balcon. « Nadim, rentre vite ! Il est trop tôt pour être dehors. Est-ce que tu veux attraper une insolation, comme la fois passée ? »

On n'avait pas classe les jeudis après-midi, et, en ce jour du mois de juin, comme à l'habitude, dès que les membres de la maisonnée se furent retirés pour la sieste, la chaleur animant non seulement nos corps de onze ans, mais surtout nos esprits, Choucri, mon ami de toujours, celui des courriels actuels, et moi-même, nous nous apprêtâmes à entraver la discipline, par un tour à bicyclette. Noura, celle qui nous servait et nous gâtait, allongée sur une chaise longue au balcon nord de la maison, devina notre intention. Nous assurant de sa complicité, elle posa l'index sur ses lèvres bien scellées, alors que le même index nous rappelait aussi à l'ordre, par des mouvements secs d'avertissement. Ma Noura, si tu savais, à chaque inconfort, à chaque indisposition et déconvenue, ma pensée prend le chemin du retour et ce sont les traits de ton visage, la ferveur dans tes paroles qui m'apportent, jusqu'à aujourd'hui, le baume réparateur.

Choukri et moi roulâmes à travers les rues désertes – incroyable qu'elles aient fait toutes seules du zèle pour se gorger aujourd'hui d'une masse indistincte ! Un tel chemin à une telle rapidité ne se construit qu'avec une aide extérieure à elle-même. Nous longeâmes un, deux quartiers résidentiels, traversâmes des champs de laitues, de choux, de carottes avant d'arriver à la route de la corniche du bord de mer. Nous mîmes pied à terre et, du trottoir, sautâmes sur les rochers bruns les plus accessibles. Les galets assoupis dans les crevasses nous incitèrent au lancement ; s'éleva alors un cercle bouillonnant sur la surface aux mille étincelles. Nos jeunes années respiraient la douceur de l'air et sa rayonnante brutalité et en oubliaient le passage des heures. L'heure de la fin de la sieste avait sonné, avec elle le temps du goûter, et celle de la découverte de notre fugue. Même Noura ne sembla pas pouvoir calmer l'inquiétude et l'agitation à laquelle je dus faire face tout seul, car Choucri s'était rendu droit chez lui pour être la cible d'une même situation.

Alors, moi, je m'étais promis de quitter au plus tôt ma famille, puisque je n'étais pas libre de lancer des galets à la mer jusqu'au bout de la nuit, si tel était mon désir. Mon sens de l'honnêteté m'obligea à tenir ma promesse. Diplôme en poche, je quittai en secret le pays, pour un autre bien plus large, bien plus grand, dans lequel je n'avais pas foi, mais ne sachant où me rendre autrement, je choisis celui où je connaissais le plus de monde.

Mon père ne me pardonna pas le silence de mon départ, ne répondit jamais à mon invitation. Ma mère accompagna mon parcours de ses paroles indulgentes, alimentées par l'inquiétude.

Elle ne sait pas que je suis là, tout à côté. Je tenais à lui épargner une émotion prolongée due à l'attente, ainsi que les préparatifs de rigueur, l'aurais-je avertie quant à mon projet. Tous les meubles, à part les grosses armoires, auraient été sortis pour être bien aérés, astiqués, les tapis ensoleillés, battus, lavés, séchés, des menus planifiés, la liste des provisions aurait augmenté de jour en jour. Tous avertis, membres de la famille proche ou éloignée, amis, connaissances. Leur visite en mon honneur joie, plaisir, pour certains une obligation.

Je me trompe, peut-être. Le temps aurait barré d'un trait rouge les coutumes des habitants. Le temps, non, il n'aurait pu être si audacieux, ni si radical. Ce que d'autres lui auraient imposé. Fissures et blessures.

La rue est mal éclairée. Silencieuse. La nuit s'annonce belle. Est-ce que les gens s'assoiront à leur balcon, à leur terrasse, pour y dîner ? Est-ce qu'ils échangent encore leurs réflexions de porte en porte, de fenêtre en fenêtre ?

La grille grince lorsque je l'ouvre. Je m'assois sur le rebord de marbre qui encadre les marches menant à la cour. Le bonheur d'être là. Lieu de ma première respiration. Le souffle d'un air que j'avais cru avoir oublié, dont je m'étais dispensé, dépourvu, que je retrouve à l'instant avec la conscience de son manque.

Plus de huit ans depuis le jour de ma détermination, quatre mois plus tard celui de mon départ. J'avais 23 ans, un diplôme d'ingénieur électronicien en poche. Un visa pour des cours post-graduate que je comptais remplacer au plus vite par un travail à plein temps, un ami m'ayant informé que ce pays du Nord facilitait l'intégration d'ingénieurs-chercheurs. J'aimais la découverte, la grande balade, la liberté. Elle, surtout. Ma tête se devait certes de suivre les prérogatives d'autrui, consciente des obligations requises, mais aussi, j'avais la possibilité de suivre tous mes caprices. Mon temps libre était mien. Je roulais en voiture à travers les larges étendues du pays, sans but précis, sans étude d'itinéraire préalable, en plein dans l'inédit, dans l'insolite, en pensée cependant toujours avec les miens, soumis à ces liens, à leur souvenir, au poids de leur absence. Un partage mental, dans toute son authenticité.

« Ce soir, tu ne prendras pas la voiture, tu es rentré tard hier, à l'aube presque. » Je m'entends rétorquer à mon père que la veille c'était samedi et que ce soir aussi les copains se rencontraient. « Vous vous rendez à la montagne, faites de la vitesse… et les tournants ! » Noura ne me consolait pas avec ses « ta mère s'inquiète, ton père se fait du souci. Tu as grandi trop vite » et ses soupirs. Et moi, dans tout ça, moi l'autonome, qui est-ce qui pensait à moi ? Le jour viendrait, celui de mon départ.

Une lueur vient de surgir, qui tente de percer l'obscurité, je devine son origine, évite de regarder de front, seul le coin de mon œil la perçoit… Je lève les yeux. Je m'en suis douté. La fenêtre de la maison d'en face, à deux étages, juste de l'autre côté de la rue, un peu en biais, s'éclaire. Un rayon de lumière se languit sur le rebord, s'attarde sur la surface du dessous. C'était sa chambre à elle. Mouna. Elle avait quinze ans lorsque sa famille emménagea au deuxième étage. Elle était fille unique, on la disait à tort capricieuse. Son quotidien se limitait aux trajets de la maison à l'école et vice versa. Les jeudis après-midi, vêtue de son uniforme d'éclaireuse, on la conduisait à sa réunion, les samedis, elle allait au cinéma, à des cours de danses folkloriques de diverses origines représentant tous les pays du monde. Un simple salut définissait nos rencontres bien fréquentes pourtant. Je savais que je lui plaisais, tout simplement parce que, de mon côté, elle m'attirait.

Je ne fis le premier pas qu'après l'avoir vue se baladant avec un ami trois ans plus tard, être raccompagnée en voiture par le même individu. Je l'emmenais alors au cinéma, nous allions danser, en excursion avec des amis. Nous avions dix-huit ans et notre premier baiser sembla nous unir pour la vie. Nous y avions cru. Nous allions rénover le monde, construire, échafauder la perfection, nous étions les élus des cieux et des dieux, notre foi était inébranlable. Rien ne nous séparerait plus.

Fin juin, nos examens terminés, nous nous apprêtions à nous inscrire, pour la première fois, au trimestre d'été, afin d'alléger notre dernière année d'études et de la terminer avec honneur, quand nous fûmes invités à la montagne, chez un cousin de Mouna, qui fêtait justement son succès académique. Mouna dut s'y rendre sans moi, une angine carabinée me forçant à garder le lit. Elle s'y fit conduire par une de ses parentes. J'appris plus tard que la fête, qui avait été des plus réussies, s'était déroulée sous le signe du soulagement, de la libération en ce qui concerne le cousin et ses camarades, du sentiment d'être au seuil de la conquête du monde, d'être soi-même à la hauteur de ses rêves. Mouna, m'apprit-on, avait quitté la fête seule, avant sa parente, malgré les protestations des uns et des autres lorsque son intention fut évidente. Elle s'en était acquittée en secret, après avoir fait croire qu'elle prolongeait volontiers son acte de présence. Il semblerait qu'elle s'était esquivée alors qu'une danse endiablée accaparait les invités, avait hélé un taxi, qui avant de déboucher sur la route du littoral, dévala malencontreusement une pente à un tournant et se renversa. Seul le chauffeur survécut à ses graves blessures.

Je compris que je venais de perdre une part de moi-même pour toujours, pris conscience de ce que pouvait être l'amour, sa force.

Les habitants de la rue se rendirent tous aux funérailles. Je décidai une fois de plus de partir au loin, cette fois-ci pour oublier, recommencer ou plutôt renaître dans un autre moi-même. Un changement de lieu, du tout au tout, présupposait ma transformation personnelle. Quitter ma rue devint une obligation avec à la base un serment qu'il eût été sacrilège de ne pas tenir.

Il fallait que je termine mon année. Voir la fenêtre de la chambre de mon amie, ne plus entendre son ton joyeux me dire qu'elle descendait ou m'invitait à me rendre chez elle pour faire partie du cercle de sa famille, exigea une force morale que je réussis néanmoins à capturer.

J'assurai mon diplôme en travaillant comme un forcené, ne fréquentai que Choucri, mon ami de toujours. Et lorsque les deux premiers mois faisant suite au décès de Mouna furent passés et que ma famille se prit à m'encourager, disant que tout est dans la main de Dieu, que la vie se plaisait à nous trahir parfois, qu'on ne saurait en connaître la raison, mais qu'aussi elle savait tenir ses promesses, me certifiant par là que de très belles occasions, des rencontres appréciables attendaient mon bon vouloir, alors je me mis à barrer, et avec une fureur mal contenue, les jours sur mon agenda, encerclant celui de mon départ.

Je me suis marié au Grand Nord. Doris a des yeux bleus d'acier, la chevelure claire. Elle est belle, capable, compétente, mais pas de la même façon que Mouna, pas comme Mouna l'était. Si elle est à mon goût ? Notre mariage bat de l'aile, après trois ans, parce que je n'oublie pas. Et je ne sais toujours pas pour quelle raison je ne passe pas à l'oubli, puisque c'est ce que je souhaite. Est-ce Mouna qui reste ancrée en moi ou suis-je à jamais ancré ailleurs avec elle, ou en elle ? Je n'en sais rien. Suis-je deux personnes entières, à la fois ? Une seule, amalgamée ?

Des pas traînent sur le trottoir. Je ne me retourne pas. Je suis de l'autre côté du muret, de la grille... qui, elle, lance un grincement ferreux, alors qu'une silhouette que j'ose reconnaître se profile lentement, cherchant des deux mains appui dans les interstices. L'obscurité nous enveloppe. Mon père et moi. Je me suis levé.

« Père.

— ...

— Nadim, toi. »

Sa voix, un souffle, presque inaudible. Il avance, tente de fermer la grille, je veux l'aider.

« Laisse, laisse. »

Et sa voix tremble.

Ses épaules recouvrent la nuque, qu'est-ce que cette enflure qui semble avoir pris place entre les omoplates ? Il me faut sa stature d'antan ! Nous nous tenons côte à côte, je l'embrasse et m'inquiète. Il tremble de la tête aux pieds. De par ma faute et j'ai mal. Je le soutiens de mes deux bras, l'assois sur le rebord de marbre. Il tente de me poser une question, je la devine.

« Non, mère non plus ne sait pas que je suis là. »

Il me désapprouve peut-être, je n'en sais rien. J'ajoute que mon intention était d'épargner à la maisonnée de courir aux préparatifs pour célébrer ma venue.

« Tu appartiens au Nord maintenant.

— Non. »

Je baisse la tête, ne saurais dire si je n'étais jamais parti. Il essaie de se tourner vers moi, n'y arrive pas, porte la main à sa nuque.

« Mais… Tu as bien fait, tu as bien fait. Il reprend son souffle par deux fois et je ne peux rien dire. Ici, ils ont créé leur champ de bataille.

— Oui, malheureusement.

— Toute la population en souffre, ce qui reste d'elle. »

Il enchaîne les mots dans une rapidité soudaine, comme s'il craignait de perdre la voix.

Je m'empresse d'ajouter que le pays ainsi aurait perdu

une bonne partie de sa richesse en compétence, offerte à autrui, à ceux-là mêmes qui s'occupent de son sevrage.

Mon père veut se lever. Je lui offre mon bras. Il me chuchote qu'il y a deux heures de cela, le voisin de gauche était venu l'inviter à une partie de trictrac. Il avait accepté pour ne pas contrecarrer les plans de ma mère, en l'occurrence la table festive qu'elle tenait à apprêter à l'occasion de son anniversaire, que lui refusait de fêter.

« Tu connais ta mère, les traditions avant tout et elle n'accepte pas mon état actuel », laisse-t-il tomber et je l'entends qui halète.

Ma joie perd elle aussi de son souffle.

Il entrera sans moi. J'attendrai qu'il avertisse de mon arrivée.

Noura s'en vient la première en courant, poussant avec force le battant de la porte, m'exposant en entier à ma mère derrière elle qui, les bras grands ouverts, le visage tout rouge, trotte vers moi, joint ses deux mains en levant le regard vers le ciel, et puis se hisse pour me prendre dans ses bras. Je me laisse transporter. Peut-être que rien n'aura vraiment changé. Tout à l'heure, l'obscurité de la cour et l'état de mon père avaient jeté morosité et deuil dans mon cœur, maintenant, c'est de nouveau la liesse, comme à chaque fois que je rentrais à la maison, fils unique, avec le plus du séjour à l'étranger.

Noura court dans tous les sens, m'approche, s'éloigne, bafouillant des remerciements à Dieu, en contradiction avec des sous-entendus : « Qu'ont-ils fait de lui, si amaigri, à peine si on le reconnaît, et puis vieilli, déjà, son visage est plein de rides, son père n'en a aucune et de conclure que j'aurais mieux fait de rester au pays, mais il est vrai… l'état dans lequel il est. »

La table est mise, service de fête, ce qui vaut à ma mère une expression de satisfaction de la part du père qui se perd en légers sourires avec des « hum hum » plein les poumons. Noura s'exclame haut et fort : « N'est-ce pas, madame, nous avons bien fait de ne pas écouter monsieur ?… Je cours servir. »

Le plat préféré de mon père, soupe verte dans laquelle on ajoute un peu de riz, un bon morceau de poulet, et, par-dessus, on verse de l'oignon haché macéré dans du vinaigre. Noura a préparé cet assaisonnement en vitesse à mon intention, a empli une deuxième soupière pleine jusqu'aux bords, avec l'additif coriandre broyé et frit.

« Noura, je vais manger ce plat comme il se doit, ce soir, il est bien meilleur avec l'oignon et la coriandre », déclare mon père.

Les deux femmes vont protester, elles se retiennent.

« Pourquoi pas, mon ami ? dit ma mère. Un tout petit peu de chaque chose ne peut faire de mal. »

Je les regarde tour à tour. Mon bonheur est gonflé de peine. La vieillesse est au rendez-vous, et je n'y avais pas pensé. Père et mère ne mangent plus gaillardement, comme avant.

« Noura, apporte un couvert et prends place à table, avec nous », suggère mon père.

En fait, Noura prend ses repas seule, à sa convenance, attablée à la cuisine ou au balcon par beau temps.

« Raconte, parle-nous de Doris.

— J'ai quelques photos, elles sont dans mon porte-feuille. »

Je ne dis rien de plus. Qu'entre Doris et moi, rien ne va plus, que nous sommes séparés. Pas question de les effondrer. À cette minute précise, je décide de ne jamais leur annoncer l'échec de mon mariage. Alors, je raconte la contrée, les paysages, la nature.

« Doris te fait découvrir son pays, c'est bien, c'est une bonne chose. À toi de lui faire connaître le nôtre », dit ma mère.

Je ne réponds pas et sens le regard de mon père peser sur moi. Je lance un « mais oui », avec empressement.

« Vous remarquez la lumière ce soir, aucune coupure, aucun tressautement, fait observer mon père.

— Ah ! Nadim, si vous saviez, nous devons toujours avoir les lampes à pétrole prêtes, les chandelles aussi…

— Laisse, Noura, interrompt mon père, profitons du fait que ce soir on nous alimente en électricité et soyons-en reconnaissants. Je ne supporte plus la flamme des chandelles ni celle des mèches des lampes à pétrole. Ce soir, allumons dans chaque pièce. »

Un moment de silence qui non seulement se prolonge,

mais aussi plonge chacun des miens dans un processus réflectif.

« Si vous acceptiez... Noura semble vouloir avancer son propos, le fait avec précaution : Amine est prêt à nous installer un générateur, comme cela, nous l'aurions tout le temps, le courant, comme les autres gens... »

Ma mère parcourt toute la pièce d'un regard qui dit son inquiétude, je devine à peu près l'ampleur du litige qui affecte les membres de la maisonnée.

Calme est la voix de mon père lorsqu'elle s'élève :

« D'accord, j'en parlerai à Amine dès demain. »

Les deux femmes cachent mal leur étonnement, et moi qui ne me doutais de rien, qui ne savais pas que mon père souffrait à ce point des caprices de l'électricité et refusait par principe d'envisager les improvisations en cours, d'accepter leur installation. Les propos de ma mère, dans une de ses lettres, me reviennent, selon lesquels mon père affirmait et avec raison, disait-elle, que, depuis sa découverte, l'électricité ne nous ayant pas manqué, il s'obstinait en ces temps intentionnellement conçus de misère, pour la misère, à ne pas suivre ce qui n'avait pas lieu d'être. L'électricité, la lumière ayant toujours été acquise d'une manière continue et par voie officielle, donc pas question, pour lui, d'user de subterfuge pour s'éclairer et faire fonctionner la maisonnée.

Mon père veut reprendre de la soupe. Ma mère hésite à le resservir.

« Il n'est pas si tard que ça, proteste mon père, et puis, cette soupe est facile à digérer. »

Ma mère s'exécute, verse le contenu d'une demie louche dans l'assiette qui se tend vers elle, « c'est que tu n'as plus l'habitude ».

Oui, la vieillesse est au rendez-vous et je suis à la première loge ce soir.

Père accepte une petite part de son gâteau d'anniversaire, serre la main de son épouse, lui sourit, me regarde. La chaleur de son affection, de sa joie, me va droit au cœur et je me sens coupable de l'avoir si brutalement, égoïstement quitté, moi, le fils unique. À cet instant, je m'en fais le serment, ma place est auprès de lui.

Il dit qu'il va se retirer, que ce jour est un jour heureux, que le trictrac avec le voisin l'a épuisé. Je me lève, l'étreins fort, le relâche, il me fixe de ses grands yeux, exécute de la tête une multitude de petits hochements affirmatifs et quitte la salle à manger, soudain grandi, la carrure relevée, on ne peut plus droite.

Ma mère et Noura se sourient, cette dernière déverse une pluie de paroles dont je perçois des « on ne l'avait pas vu comme cela depuis si longtemps, bavard, gourmand, presque gai. Voyez, madame, il va bien. Sa santé ? Que des bobos passagers après tout... Ah ! Que les médecins d'aujourd'hui aiment dramatiser... » Elle aurait persévéré dans son babillage si mon père n'était revenu sur ses pas dans le but de réclamer sa mouhalabiyé du soir, crème au lait doux, tiédie, parfumée à l'eau de rose qui, comme il le prétendait, l'aidait à s'endormir.

« N'oublie pas, Noura, mais un peu plus tard que d'habitude ce soir. Je vais tenter de lire un moment, dit-il. Il avance de quelques pas vers la porte, se retourne vers nous : N'accablez pas trop le fils, il doit avoir besoin de repos », conseille-t-il.

Nous causons, tous les trois. Ma mère et Noura me contemplent, des petites larmes glissent par à-coups sur leurs joues, et moi je raconte tout : un peuple amical, aise et satisfaction au travail, j'ajoute le manque des miens, de ma vie au pays. Ma mère se l'explique par la nostalgie de l'enfance, de la première jeunesse.

« Tout a changé depuis que nous sommes devenus le champ de bataille des puissants de ce monde. Mais ne t'en fais pas, fils, nous tenons le coup.

— Il n'y a pas de bonheur complet sur Terre, la perfection appartient seule à Dieu », ajoute Noura.

Et puis de discourir, à son habitude, sur les tapis qui se doivent de fausser un nœud, afin que l'œuvre perde de sa perfection, n'ayant pas droit d'approcher le divin.

Je ris de bon cœur, me souviens m'être souvent irrité par les phrases cultes de Noura. Nous l'aidons à débarrasser la table, à mettre de l'ordre à la cuisine, malgré ses protestations. Je suis certes à bout de forces. C'est accompagné de ma mère que je passe le seuil de ma chambre. Rien n'a changé. Sur mon bureau, le même classeur et des blocs-notes de diverses dimensions, un assemblage de stylos et crayons dans un contenant en bois fait de mosaïque. Sur ma table de chevet, le roman policier que je n'avais pas fini de lire. L'air que j'aspire est fait de fraîcheur, je m'étonne qu'il ne soit ni confiné ni porteur d'une humidité accumulée, me tourne vers ma mère qui me suit des yeux, toute à l'émotion de ces retrouvailles, de son vœu exaucé en ce jour, veux poser un baiser sur sa joue… lorsqu'un cri bref et inhumain nous arrache à notre contemplation.

Nous nous retournons, Noura se tient devant nous, la bouche ouverte, sans paroles, les yeux exorbités, la main tenant un petit plateau vide qui oscille. Elle ne répond pas à nos questions, alors, sans plus hésiter, nous courons vers la chambre de mes parents. Mon père gît sur son lit, les yeux grands ouverts, le menton lâche, en plein dans la lumière du lustre au milieu du plafond et celle de sa lampe de chevet, un livre ouvert sur le drap recouvrant sa poitrine. Ma mère se penche au-dessus de son visage, l'appelle doucement à plusieurs reprises, s'affaisse, lance de petits cris, halète, puis, orientant un mi-regard assuré vers ma personne dans une expression qui se veut bravant toute circonstance, informe mon père que son fils est revenu, qu'il est bien là, pour lui, pour elle, pour être ensemble comme avant. Elle s'assoit au bord du lit, lui prend la main, je me tiens debout, paralysé, figé, sans réaction et les lumières de la maison qui s'éteignent brusquement, brutalement, et j'ai du mal à comprendre une telle coupure d'électricité. Je n'arrive pas à bouger, j'entends seulement ma mère parler avec lenteur, faiblement, je perçois quelques mots, ceux d'une prière. Elle se lève, vient vers moi, me tend les bras. Une lueur tremblante en marche vers nous atteint la chambre, c'est Noura avec un haut chandelier en argent ciselé que je reconnais, et une chandelle qui brûle et frétille. Ma mère a la voix grave en disant qu'elle-même allumera la deuxième chandelle pour la veillée.

Mon sang ne fait qu'un tour : Pas de chandelles, pas de veillée à la chandelle ! Père veut de la lumière. Il veut l'électricité ! Celle qu'on nous doit !

Je sais que les deux femmes sont atterrées. La flamme de la chandelle jette ombres et lueurs sur leurs visages, augmente l'expression de double épouvante qui est la leur. Ma détermination est sans appel. Les bougies appartenaient aux temps d'avant l'électricité.

« Noura, emmène-moi chez Amine de suite et éteins cette chandelle. Nous aurons ce générateur, ce soir ! »

Noura ne compte pas m'écouter, elle reste sur place. Le silence dure peut-être deux bonnes minutes.

« Va, Noura, emmène Nadim chez le voisin. La décision lui revient, ce soir. »

La voix de ma mère est d'un ton plus grave qu'auparavant.

Noura marmonne son désaccord, parle de sacrilège, prend le ciel à témoin, accuse les contrées du Nord de m'avoir ôté toute piété, alors que nous quittons la maison pour nous rendre chez Amine, le voisin.

« Il faut appeler Choucri, finit-elle par conclure, Choucri lui saura, il comprend… Il passe souvent nous voir, avec son épouse. »

Amine est prêt à me venir en aide, il déménagera son propre générateur, le connectera à notre domicile. À la lueur de la lune, des étoiles, de l'éclairage issu des maisons, je vois Choucri qui arrive à bicyclette, et à mes larmes de jaillir. Choucri et moi, c'est l'univers en commun. Je suis secoué par des sanglots et ne peux m'arrêter. Noura est déjà repartie auprès de ma mère, alors que mon ami et moi, nous nous étreignons.

« Va, rentre. Je m'en occupe avec Amine, d'ailleurs, je m'y connais, j'en ai installé de ces machines ! » insiste mon ami.

Je reste. Je veux créer cette lumière, avec eux.

Nous nous affairons. Les gens de mon pays improvisent leur survie. Je m'enchevêtre dans les câbles, alors que mes deux compagnons identifient facilement la fonction de chacun de ces fils. J'admire leurs gestes, la dextérité de leurs doigts, je leur souris, aussi leurs observations, lorsqu'un pépin mineur entrave leur travail, me font rire. J'en oublie jusqu'au motif réel de cette entreprise.

Je ne sais combien de temps il a fallu. L'éclairage s'est fait. Je suis heureux, joyeux même, et mon cœur est brisé, a mal. J'apprends que ma mère a réussi à atteindre le médecin, qui arrivera d'une minute à l'autre. Je me dresse alors comme un coq sur ses ergots et, d'une voix que je ne reconnais pas être la mienne, déclare avec méchanceté et gloire même qu'aucun médecin n'approchera mon père ce soir. Je remarque l'effroi que ma déclaration fait naître dans les regards de ceux qui m'entourent. Ils me parlent d'un acte de grande importance. Je n'en crois rien. L'important est que mon père repose cette nuit, comme à l'habitude. Les premiers sanglots de ma mère ne changent en rien ma détermination.

Noura s'éclipse en lançant à mon intention de nouvelles phrases qui lui deviendront cultes. Les dieux du Grand Nord m'auraient jeté un vilain sort, nullement étrange que la fin du monde soit proche, puisque seul l'insensé dans toute sa laideur compte...

À ma demande, Choucri et Amine nous quittent. Je confie ma mère à Noura qui me lance des regards furibonds et ne veut pas que je l'approche alors que je tente de poser ma main sur son épaule.

Dans cette chambre à coucher, à deux lits, celle de mes parents, il y a un fauteuil face à la coiffeuse. Je change son angle, m'y assois, ferme les yeux. Père est là, face à moi, un verre de whisky on the rocks à la main. Il était grand fumeur certes, alors que l'alcool ne lui disait rien. Un ami était passé le voir, je l'avais remplacé sur la chaise du balcon côté ouest, où quelques plantes commençaient à gémir en prévision de l'été. Avant notre séjour à la montagne, on les déménagerait sur le balcon côté nord, où elles tiendraient compagnie à des gardénias aux pétales immaculés, qui farouchement embaumaient l'air.

« Assieds-toi un moment. Raconte, l'école. »

Je m'étais assis, ne voulais rien raconter. J'avais peut-être quatorze ans.

« Fouad a un fils de ton âge. Il me disait tout à l'heure qu'il souhaitait que son fils prenne la relève de son commerce au plus tôt. Un peu d'études dans une petite école de commerce, même pas, et puis la pratique chez le père surtout. Tu connais leur magasin, on y vend des brocards : robes, écharpes et foulards, des couvre-lits aussi, des sacs brodés main, de la maroquinerie, des objets en cuivre et argent... produits convoités par les touristes. »

Je me souviens avoir fait oui de la tête. Fouad, son fils, leur magasin, ne m'intéressaient nullement. Au fait, que sont-ils devenus et leur magasin, en ces temps de désastre ?

« Je peux comprendre Fouad. Il a une succursale à New York qui marche très bien, tu sais, l'artisanat a sa valeur. Son fils pourrait vraiment l'aider, avait expliqué mon père, moi, cela ne me suffirait pas, ne me satisferait pas. Je veux dire pour toi. »

Et... je ne sus pas quoi lui dire.

Je me rappelle l'avoir regardé, vraiment regardé de tous mes yeux, ceux de mon esprit, de mon cœur.

« J'aimerais que tu choisisses les études qui te conviennent, qui devront te conduire à la profession que tu veux exercer. C'est très important. Il nomma l'université qui serait mienne. Tu y feras tes études. Et puis tu te spécialiseras et tu iras sur ton chemin. »

J'avais regardé sa chemise à manches courtes, la montre dont il ne se séparait jamais. J'ai vu sur la petite table qui nous séparait le cendrier plein de mégots. Il avait posé son verre sur la table.

« Va te chercher un 7 Up bien frais. C'est ta boisson préférée, me dit-on. »

Je l'avais quitté, tout à la joie de ne pas avoir été critiqué pour telle ou telle note insuffisante. Je ne savais pas que sa phrase « tu t'inscriras à cette université » allait s'ancrer en moi, et que je la suivrais à la lettre, heureux de ne pas avoir à faire de choix, accomplirais mes tâches dans ce sens, jusqu'au bout.

J'ouvre les yeux, regarde la forme devant moi.

Je lui dois ce que je suis. J'ai simplement suivi.

Je me lève, inquiet du sort de ma mère, quitte la chambre. Soutenue par Noura qui lui tient un verre d'eau à proximité des lèvres, ma mère me fait signe de prendre place à ses côtés alors que je ne manque pas de remarquer le regard de reproche que me dédie notre fidèle aide, et le sursaut qui le précéda. Ma mère me parle d'urgence, il faut avertir, annoncer la triste nouvelle aux proches, à mon oncle, à mes tantes. Son frère, ses sœurs ! Sans plus tarder. Elle hoquette, sa voix tremble. Je l'étreins de mes deux bras, sens sa vulnérabilité, espère calmer sa sereine agitation, son corps, telle une feuille encore tendre qui frémit et frissonne, semble vouloir se détacher.

Noura se plante devant moi : on commande les faire-part de nuit aussi, ici.

« Ton oncle et tes tantes écriront les adresses de suite. Ici, c'est comme ça. »

Certes, je le savais. Les faire-part seraient livrés dans quelques heures. Seraient expédiés le matin.

« Laisse, Noura, intervient ma mère faiblement, de nos jours, avec les amis et connaissances qui sont à l'étranger, nous nous devons de suivre le changement. Mon beau-frère s'occupera de mettre des annonces dans les journaux, dès que l'heure de la messe sera précisée… »

Je déclare vouloir me charger personnellement et seul des obsèques et des annonces.

« Seulement maintenant, cette nuit. » Et je hausse le ton « Je ne veux personne chez nous, sauf nous. »

Ma mère et Noura répètent qu'il faut incessamment que le médecin de famille vienne, j'entends leurs expressions : indispensable, impensable de ne pas…

Je me lève, les toise :

« Et tous ceux qui meurent, sur des champs de bataille dont ils n'ont que faire, que personne n'assiste… ? »

Noura ouvre la bouche, je sais ce qu'elle va me répondre, je ne la laisse pas s'exprimer.

On décommande le médecin.

« Je suis là et je vais veiller père tout seul, durant les premières heures qui suivent son départ. Je l'accompagne. »

J'entends Noura qui marmonne : « Il fait à sa tête, comme toujours, mais cette fois… il va trop loin… »

Ma mère met son index sur ses lèvres, je la vois qui intime le silence à Noura.

Je reprends place dans le fauteuil, face à mon père, sens mes tempes battre fort, tente de mieux m'asseoir, de contrôler ma respiration. Une chaleur douce prend graduellement possession de mon corps, elle s'intensifie, devient presque gênante. Cet après-midi-là, quel âge aurais-je pu avoir, huit, neuf ans ? Père m'emmena au Luna Park ; voitures tampons, tir au fusil, pêche miraculeuse, des essais de-ci de-là avant le parcours dans l'obscurité de la salle aux fantômes. Pas plus que moi, tu ne te doutais de la nature des apparitions qu'on réservait aux visiteurs. On nous promit quelques surprises, et ta curiosité fut gratifiée par des visions dont tu te serais toi-même passé. « Rien de réel, autant en rire », m'avais-tu dit, entourant mes épaules de ton bras, alors que notre chariot filait sur ses rails. « De mauvais goût cette attraction ! » À peine le chariot nous avait-il expulsés, que tu courus presque vers la voiturette d'un marchand de glaces et que je fus nanti de la plus délicieuse des glaces. Ni chocolat ni caramel, mais la saveur unique de fraises des bois, accommodée avec de la crème chantilly, dont le goût ne me quitte pas. « Cet après-midi t'a-t-il plu ? » m'avais-tu demandé. J'avais fait oui de la tête.

Je crois m'être assoupi, avoir été plongé dans la réalité d'un songe, d'une scène qui avait eu lieu à quelques reprises durant mon jeune âge, remontait même à l'avant-adolescence. Père et moi-même sommes, comme à l'habitude, assis face à face à la grande table de la salle à manger, à l'heure du déjeuner du dimanche. Père me fixe longuement des yeux, à travers les verres de ses lunettes à écaille. J'entends sa voix. Surpris par tant de clarté, pareille à celle d'antan, je me penche en avant afin de mieux scruter le personnage qui est venu à moi, dans mon rêve, avec comme à chaque fois cette même recommandation : « Tes documents personnels, fils, rien de plus important, doivent être toujours en règle, à jour, toujours valides. S'ils ne le sont pas, c'est que tu n'existes pas. C'est par eux que tu existes. » Ma mère aussi vient de faire acte de présence dans mon songe et, à son habitude proteste, prétextant qu'il était trop tôt pour moi de penser à ces choses et que mon père devait me laisser déjeuner en paix. « Très bien, dit mon père, comme à l'accoutumée, laissez-moi seulement vous rappeler à quel point une signature aussi est importante. Ne jamais l'apposer à la légère. Attention. Bien réfléchir avant. » Je n'ai jamais fait de commentaire face à ses conseils ni même répondu par un quelconque signe pour attester ma reconnaissance ou simplement le fait d'avoir noté ses paroles. Rien de ma part.

Ne t'aurais-je pas exaspéré par mon silence ?

Je viens de voir mon père vivant, de l'entendre me parler. J'en suis bouleversé.

Mes papiers, mes documents sont toujours en règle, père. Sans m'en rendre compte, sans en être conscient, j'ai suivi tes principes à la lettre, et reste parcimonieux de ma signature.

J'ai soif, mais ne quitterai pour rien au monde la chambre, n'interromprai la veillée. Mes paupières sont lourdes, s'abattent sur mes yeux, la chaleur m'assaille, des gouttes de sueur mouillent mon front, mes tempes, le haut de mes lèvres. Le match de football entre notre équipe nationale et celle de l'Italie. Mon père m'y emmena ainsi que des amis italiens de passage au pays et qui avaient déjeuné chez nous. Le soleil était accablant et la tribune ne nous protégeait pas plus que ça. À un moment crucial du jeu, où la performance des nôtres fut remarquable, j'exécutai des sauts de joie et joignis mes cris à ceux de la majorité. Mon père réussit à préserver une attitude neutre par égard à ses invités, se tourna de mon côté avec un sourire qu'il dissimulait à ses connaissances, alors qu'il me gratifiait d'un regard dont la bienveillance était chargée de la plus authentique des tendresses. Ce soir, je cueille ce regard et l'accueille.

Je dois m'être endormi et m'en veux. C'est dans un sursaut que je me trouve en situation d'éveil. Aucun bruit ne me parvient. Je pense à ma mère. Au fond de moi, le poids d'une peine qui cherche à m'aveugler et souhaite me paralyser. J'ajuste la souplesse de ma nuque, celle de mes épaules, n'étire ni mes bras ni mes jambes. Petit dans la fatalité.

Je me lève, mes mouvements se veulent lents, mon intention une évidence, puisque mes pas feutrés avancent en direction de la porte-fenêtre à la gauche du lit de mon père. Je tire les rideaux, ouvre les battants. J'invite l'aube, sa virginité.

Les étoiles ne brillent plus. À l'exception d'une seule dans le ciel uniformément gris. Un coin de ciel vient de s'éclaircir, sa nuance va à la conquête de la surface entière, le jaune et le rose s'y impriment, pastels qui se laissent identifier à travers la timidité de leur luminosité.

Je me tourne vers mon père, puis vers cette aube qui lui appartient.

Il me faut quitter la chambre, retrouver ma mère. J'hésite, ne peux déjà fermer les battants face à l'aube naissante. Je les tire vers moi, les garderai mi-ouverts. Je me dirige vers la porte de la chambre. Mes pas se plantent avec fermeté sur les dalles du sol, mon torse retrouve son ampleur, mes épaules se sont redressées, la tête haut levée, je m'engage à prendre la relève.

Le lustre au milieu du plafond est encore allumé. Je m'approche de l'interrupteur pour mettre fin à la lumière que le générateur nous a offerte de nuit. Mon index est prêt, presse le bouton et je ne peux retenir le cri qui surgit de mes entrailles et qui, avec force, hurle : PARDON !

La Gargoulette

Pas âme qui vive. Quelques pas dans le square de ce village sorti de nulle part, à qui on aurait oublié de donner un nom. Le jeune homme voudrait pouvoir ôter son sac à dos, les courroies ont depuis peu eu raison de ses épaules. C'est avec détermination qu'il a pris la route en ce mois d'août, comptant sur le bien-être d'une liberté qui, d'une part, le guiderait, à qui, d'autre part, lui-même dicterait ses intentions, son avis, qui l'écoutera, suivra ses directives, s'amalgamera à sa personne. Seul un trajet par train, deux jours plus tôt, de la ville jusqu'à la région où il se trouve à l'instant, lui imposa sa contrainte d'horaire et il en fut contrarié.

Pas l'ombre d'un chat. Pas d'ombre. Il fait glisser une courroie, dégage le bras droit, avance. Ce village sans panneau indicateur, ce hameau, ces quelques bâtisses collées les unes aux autres, dans une formation de deux rangées parallèles, suppose une préalable planification. L'endroit aurait donc connu quelques bonnes têtes, de braves gens qui ont bien battu la terre, ignoré l'usage de l'asphalte, du béton armé, édifié leurs modestes habitations en taillant la pierre.

Pas d'enseigne. Ni d'une boulangerie ni d'aucun autre commerce. Aucun indice d'un café ou d'un lieu de restauration. Le hameau est délaissé.

Aucun arbre. Aucune plante en vue. Rien qui verdoie. Les volets des fenêtres, tous de la même couleur, lie de vin, sont fermés, les portes peintes en marron foncé sont closes. Le jeune homme cherche un point d'eau, une source, un ruisselet, une fontaine, une jarre pleine d'eau à défaut de pièces d'or. Rien.

L'air est chaud, crépite sur sa peau. Il approche le bras de ses narines, en aime l'odeur, telle celle de cacahouètes salées, fraîchement grillées. Il est trois heures de l'après-midi, le sol sous ses pas renvoie des reflets jaunâtres, quelque herbe folâtre ici et là dans la cicatrice brune de ses brûlures. La poussière est vaincue, ne s'élève pas, même lorsque ses bottes foulent le sol avec rudesse, aurait rendu l'âme. Il avance entre les deux lignées de maisons, leurs pierres dans la rugosité de leur configuration l'assujettent à la flamme de leur haleine.

Plus d'eau dans ses deux gourdes. Il avait cru qu'il atteindrait à temps un village digne d'indiquer son nom. Il lève haut les yeux vers le ciel, les referme aussitôt pris par un vertige visuel. L'astre a rassemblé tout son bataillon de rayons, pour le regarder avec aplomb.

Il croit voir une tache sombre, sur la façade d'une bâtisse, en lieu d'une porte d'entrée, qui scellerait toute vie et activité, un rien de profondeur, une ouverture peut-être sur un intérieur ? Un mirage... à la suite de l'aveuglement solaire ? Il va s'en assurer. La porte est ouverte sur une salle. Il oublie de frapper, tout à la joie de se glisser dans ce refuge qui offre protection et bien-être.

Il pose son sac à dos sur le carrelage, cligne des yeux, donne le temps à son regard de définir les contours et les possibilités qui s'offrent à lui.

Deux grandes portes-fenêtres éclairent la salle, s'ouvrent sur un jardin où plantes vertes, buissons en fleurs, un arbre qu'il ne reconnaît pas, s'entremêlent pour ravir les yeux. Il en conclut que la vie de ce hameau se régirait à l'arrière des bâtisses. Il respire à fond. Il y a un comptoir en bois, en partie, en métal aussi, bien astiqué, un évier de bonne dimension, un robinet...

Il va boire de son eau fraîche, il pourra remplir ses gourdes, il se lavera les mains, le visage, il va se désaltérer. Il vient d'éviter de près la syncope.

Aucune eau ne coule du robinet !

Deux étagères sur le mur face au comptoir soutiennent une dizaine de bouteilles déjà entamées. Des boissons alcoolisées. Il est bien dans un café, un restaurant à en juger par les trois grandes tables avec leurs chaises symétriquement rangées. Un réfrigérateur devrait se trouver quelque part, de même qu'un congélateur. Il fait le tour de la salle, comptant bien placer toute la tête, les mains dans le froid de ces appareils, dès qu'il les aura trouvés ; il dépistera bien une boisson glacée en attendant que le gérant des lieux fasse son apparition.

Il remarque une porte derrière le comptoir, une autre mi-ouverte à l'autre bout de la salle, à travers laquelle il entrevoit les marches d'un escalier. Est-ce qu'il oserait s'y aventurer, confiant qu'il trouverait de quoi se désaltérer, il payera double et triple, sa gorge est sèche, lui fait mal.

Un frôlement... des pieds nus sur le carrelage. Ils sont petits, les ongles sans fard, sans vernis. Le tissu de la robe est fin, mi-transparent, l'échancrure en V descend jusqu'au bas de la poitrine. Elle s'avance, les pans de sa robe à boutons épousant le galbe de ses jambes.

« On attendait votre voiture, dit-elle, vous avez eu une panne ? Elle ne compte pas sur une réponse, enchaîne : Pour le travail sur le site des fouilles, ce sera demain à la première heure, lever à trois heures du matin. L'équipe est rentrée aujourd'hui vers midi, la chaleur est insoutenable l'après-midi. »

Le jeune homme veut expliquer que lui, les fouilles, il ne connaît pas, c'est non, que lui, c'est la liberté de vagabonder pour se ressourcer loin de tout et de tous, que lui-même est un cas de ruine plus que le site qu'elle évoque. Succombant à leur aridité, ses cordes vocales ont laissé s'échapper un son rauque, les raclant dans une affirmation, preuve qu'il aurait compris ce qu'elle lui expliquait. Mais, toute chose en son temps, priorité à sa soif !

Elle se présente. Mariam. Lui s'empresse d'émettre son nom, qu'elle néglige d'entendre, elle a détourné la tête.

Elle ouvre un placard, en sort une gargoulette. Un rond crocheté dans un fil bleu couvre le haut du récipient. Elle l'ôte, élève le récipient à hauteur des yeux, le nez du vase à hauteur de la bouche qu'elle ouvre et de laisser l'eau couler dans son gosier, qu'elle contracte en avalant.

« Vous en voulez, ou autre chose ? L'eau est coupée jusqu'à seize heures. » Quelques gouttes ont mouillé son décolleté, elle y passe les doigts, les étale, humidifie toute la peau, soupire.

Il ne sait pas boire à la gargoulette, ne demande pas de verre et s'y met en dispersant le précieux liquide sur son menton, ses joues.

« Suivez-moi. »

Ils passent le seuil de la porte du fond, atteignent la fraîcheur d'une salle encore mieux éclairée. Mariam offre un verre au jeune homme, l'emplit d'eau minérale. Un ronflement sonore leur parvient, Mariam y répond :

« Mon oncle, le responsable du chantier archéologique... fait la sieste, il vous accueillera tout à l'heure. Les autres, vos coéquipiers, se reposent dans leurs chambres. Venez, je vais vous montrer la vôtre. »

Le bruit d'un moteur, sorte de roulement, interrompt le laconisme de leur échange. Il en profite pour la fixer d'un regard qui impose le silence. Il va falloir, coûte que coûte qu'elle cesse ses conclusions hâtives.

« Je ne suis pas... », articule-t-il.

Plus de doute, une pétarade et non des moindres, à peu de distance du bâtiment, les fait sursauter. Mariam virevolte, traverse en quelques enjambées la grande salle, et la voilà sur le seuil de la porte d'entrée alors que les pneus d'une voiture grincent sous la commande des freins.

Un jeune homme sort du véhicule, avec quelques efforts, alors que le chauffeur s'empresse, avec une agilité d'antan, d'atteindre le côté du passager dans le but d'offrir son aide. Mariam a tôt fait de remarquer le plâtre qui entoure le bras droit du jeune homme, l'écharpe protectrice. Elle va au-devant des visiteurs, de ces touristes perdus, pense-t-elle, en quête d'informations.

« Excusez mon retard, je vous raconterai les incidents de dernière minute. Michel Drès, de l'Institut Archéologique, dit le jeune passager en se présentant, mon aide a été sollicitée. »

Il ne se laisse pas décontenancer par l'accueil distant que lui réservent ses hôtes, et que Mariam soudain s'empresse de combler en se perdant dans des salutations frisant les témoignages d'amitié.

La jeune femme se demande qui est l'autre, le premier venu, la personne de tout à l'heure qu'elle venait de recevoir, qu'elle guidait vers la dernière chambre disponible et qui se murait dans le silence. En fait, celui-là même, qui dans la pénombre de la grande salle attend de quitter les lieux, souhaite prendre congé en bonne et due forme de l'hôtesse, celle qui lui a servi à boire. Il vient de passer une des courroies de son sac à dos au long de son bras, lorsqu'un homme passe derrière lui, l'effleure par mégarde, s'excuse et s'arrête :

« Ah ! Vous voilà, Michel Drès, merci d'avoir accouru... »

Son regard va de l'un à l'autre des deux nouveaux arrivants. Si l'Institut espère faire avancer plus rapidement les fouilles, d'où la présence de deux aides au lieu du seul qu'on attendait, soit, pas plus mal, lui dicte son esprit.

« Bienvenus dans notre patelin, notre site, la voix résonne dans une chaleureuse sincérité, le bras... un problème ? »

Sans plus écouter les explications dudit Michel qui se lance dans le descriptif de sa récente chute de vélo, le ténor s'est déjà tourné vers l'assoiffé de tout à l'heure, premier venu, décide de lui venir en aide, fait glisser la courroie du sac sur son épaule, son bras, dépose le bagage sur le plancher. « Mieux vaut être libéré de ce poids, allez... »

Le jeune homme ouvre la bouche, desserre les dents, il va en deux mots éclaircir la situation face à cet oncle qui sort de sa sieste à ronflements, dans ce bled à surprise où soit tout dort dans une impassibilité jamais vécue, soit il est des réveils dont l'impétuosité et la vitalité seraient synonymes d'irréalité.

Michel Drès tente d'expliquer à qui veut bien l'entendre que le radius de son bras, déplacé lors de l'accident, fut repositionné, aucune inquiétude quant au maniement des brosses et pinceaux par rapport aux fouilles, ni au prélèvement délicat et espéré des vestiges. Seul inconvénient, son inhabilité à soulever des objets lourds. L'homme du bon accueil, cet oncle du thorax de qui émane une générosité sans pareille, bouscule ce petit monde. « Mariam, ma petite, conduis donc ces messieurs à leur chambre, elle est assez grande, fera l'affaire pour deux... »

L'assoiffé voudrait se rendre dans la pièce voisine où ses gourdes vides l'attendent. Il aimerait les reprendre pleines et quitter les lieux comme il était venu, égal au mutisme forcé qui lui convient. Michel Drès le fusille du regard, incompréhension et invitation à la parole s'y lisent sans équivoque, le premier venu y répond par un même regard, indifférence et dédain en additifs. Il n'a pas de compte à rendre ! Il vient de quitter un monde qui s'en était pris à lui sans réserve ni limite, de clore la porte de son bureau dans un adieu à une firme à qui il avait offert son cerveau et sa vigueur, de clore la porte du foyer qu'il croyait être en train de fonder avec Théa, alors qu'elle... Trêve ! Mariam de son côté est comme frappée de paralysie, seuls ses yeux foudroient l'assoiffé, à travers l'éloquence de leurs éclairs.

Le chauffeur de la voiture est à la porte, il doit reprendre la route, on l'attend en ville. Michel Drès le remercie, lui souhaite un bon retour. L'assoiffé n'a plus soif, une lassitude née du fond de son être l'assiège. Il ne vient pas à bout des relations humaines. Il y tombe comme à pic, à tout hasard ! Mariam marche d'un pas ferme vers la porte du fond, suivie de Michel Drès. Le premier venu ne bouge pas. « Vous verrez, la chambre vous plaira », dit l'oncle, invitant le jeune homme d'un geste du bras à se joindre à sa nièce.

Ce dernier explique qu'il préfère dormir dans son sac de couchage, placé en travers de son sac à dos, qu'il désigne du doigt, ne précise aucun lieu, à la belle étoile croit entendre l'oncle, d'où la proposition de regarder ensemble du côté de la véranda. Les nuits sont belles, l'aube est fraîche à l'heure du départ pour le site, renseigne l'oncle.

Le jeune homme sait qu'il sera parti à l'aube, avant les autres. Sans explication.

Tous deux traversent le jardin, ne suivent pas l'allée de dalles de marbre blanc, plafonnée par endroits, qui longe les murs de la bâtisse dans sa forme carrée. Ils arrivent à l'autre bout du jardin, s'arrêtent. Le coin est idéal, protégé, à part. Puisque tout se passe le plus naturellement possible, accueil et hospitalité, dans ce qui semble être une maison d'hôtes, autant y consentir, se dit le jeune homme, surtout lorsqu'on a abusé de ses forces. Une petite porte s'ouvre sur la buanderie, style d'antan, lavabo de granite d'un mètre et plus, chaudière, mais aussi côtoiement avec la technicité moderne d'usage. « Nous dînons à sept heures », prévient l'oncle Ibra, le tour d'orientation terminé. Message que l'autre n'entend que d'une oreille.

Le nouveau venu se rend sans plus tarder à la buanderie, à peine deux marches à descendre et à lui la jouissance des soins corporels après l'étape caniculaire du jour, avec une eau qui jaillit à l'heure, en trombe presque. Il s'asperge à volonté et remonte en surface pour s'assoupir sur son sac de couchage. Son sommeil est un rien décomposé. Léthargique, mais aussi avec quelques éveils à distance, dans le vague. À l'heure du crépuscule, l'agitation des membres de l'équipe qui se rassemblent dans la grande salle lui parvient, sa conscience, elle, réclame encore son dû de repos, le jeune homme ne réussit pas à s'en libérer. Une brise agrémentée de traces de fleurs, d'herbes aromatiques le grise, il se laisse aguicher, ne bouge pas d'un doigt.

« Hé... vous. »

Elle est sur le point de lui donner un qualificatif pour nom et pas des plus avenants. En fait, elle s'était empressée de poser quelques questions à son sujet, à Michele Drès, qui vient de lui affirmer ne jamais avoir rencontré à l'Institut Archéologique ledit personnage, encore moins avoir entendu dire qu'un collègue l'y rejoindrait sur le site. Une initiative de l'étranger, peut-être ? Michel Drès aurait vérifié auprès de sa direction ; il s'agirait d'une méprise, il fallait identifier le personnage.

« Le dîner est servi, on n'attend plus que vous, monsieur heu... ? »

La jeune femme s'y connaît en ton sec.

Il s'était juré, le jour de la fermeture des portes, de celles-là même qu'il avait eu en grande affection, non pas fermeture seulement, mais il avait été jusqu'à mettre les scellés, à tous niveaux, de ne plus accepter d'être mis au pied du mur. Personne ne l'y reprendra, surtout pas elle, la belle Mariam, debout face à lui, dont il ne voit pas le visage du plancher où il se trouve logé, mais juste les jambes, pieds, chevilles, mollets dans un ordre issu des dieux. Son nom ? Elle veut qu'il se présente et, de là, elle cherchera, à n'en pas douter, à en savoir plus sur sa profession, son âge, le motif de sa visite dans ce bled, sa famille, ses amours... comme au soir où il fit la connaissance de Théa. Eh que non, la belle ! Pas de nom, pas d'identité. Je suis cet homme en culotte et chemise, allongé en plein crépuscule et qui plus est... à vos pieds, chère mademoiselle ou madame, que voulez-vous de plus ?

Mariam attend. Les révélations. Elle ne tourne pas le dos pour s'acheminer vers l'entrée de la salle. Lui se plie, se replie, s'étire, se lève avec précaution, tel celui qui craint la dislocation de son système osseux. Elle finit par baisser le regard, tourne la tête de côté.

« Sid, vous pouvez m'appeler Sid. »

Son bon cœur a parlé, la pitié aussi. Il n'a aucune idée d'où il a été puisé ce nom. Ce qui lui plaît le plus, c'est la formule de permission qu'il a exprimée à l'égard de la jeune femme. Il ne se connaissait pas cette arrogance.

Elle a filé droit à travers le jardin. Le « Sid » lui aurait donc plu. Il enfile un short, un t-shirt bien propre et chiffonné à plaisir, des baskets vert et blanc. Il mangera volontiers un petit quelque chose, cela ne lui prendra que quelques minutes. Il s'assoira loin des autres, à part, ne restera que dix minutes au plus, prétextera l'épuisement. Et puis... il avisera, demandera si nécessaire l'adresse d'une pension.

On lui a gardé une place, une chaise libre au centre de la rangée de droite. Une spéciale pour les nouveaux venus, avec Michel Drès en vis-à-vis. Des plats de toutes sortes de nourriture garnissent la table. On lui passe ceux qui ne sont pas à sa portée, il distribue les mercis, goûte à tout, boit une bière, beaucoup d'eau. On parle fouilles, trouvailles insignifiantes, répertoriées malgré tout. Ils sont là, chercheurs, un scientifique ; leur mission des preuves concrètes, des traces, traces du passé, un passé de plusieurs siècles, récent après tout, même si cela dépend du point de vue où l'on se place, confirmant ou réfutant un fait historique jusque-là dans le vague. Le souhait général est de concrétiser une théorie, page de l'histoire jusque-là agrémentée de suppositions.

Le prénommé Sid se concentre sur le choix des plats, attrape au vol le mot « traces »...En quoi les choses changeraient-elles, si l'on découvrait les traces du passé de cette supposée reine des anciens temps, dont le destin final demeure une énigme ? Il sait qu'il est en terre inconnue, ne se préoccupe pas des bribes que son écoute distraite capte néanmoins. Il vient d'apprendre, en liant le hachis de détails lancés par l'un et l'autre des compagnons pour souligner tel ou tel cas de figure, que prise en otage par l'ennemi conquérant, cette reine d'Orient, de Syrie, fut acheminée hors de sa ville, à l'apogée culturel et économique de celle-ci, son âge d'or, emmenée de force vers des contrées lointaines. Fut-elle, comme on le rapporte, aimée jusqu'à l'adoration par le vainqueur, celui-là même qui s'appropria sa ville après un combat sans merci ? Il lui aurait voué un amour sans précédent comme on aime le croire, sa vie durant, à des milliers de lieues de sa région, dans ce site de fouilles actuelles. Prisonnière et victime, esclave en soumission ou reine à jamais, femme au pouvoir – le tout à la fois ? Quel fut son rôle ? Ces fouilles, la découverte de certains objets sauraient révéler quelques faits.

Traces... Pourquoi fallait-il remonter si loin dans le temps ? Il est des traces récentes, dans l'esprit de chacun, le cœur de Sid aussi en déborde, à volonté. Théa... fouiller, fouiner, prélever, rien n'est enfoui, rien ne fuira, mais lui, le Sid du jour, cherche la distance, le recul et plus. Oubli et désintégration. Zéno... quel est son nom au complet déjà, de cette reine de l'Orient, qui ne reviendra pas réclamer ses droits, reconquérir son pays ? Un règne fabuleux que le sien, semble-t-il, comme ces compagnons du jour laissent deviner à travers leurs observations et remarques exprimées à tout hasard. Échange et commerce, dont l'activité et l'administration étaient réglementées avec minutie, rapportèrent des gains énormes, au sein d'une ville qui offrit promenades, divertissements et bains. Des édifices, aux piliers de granite d'une hauteur dépassant toute conception réelle, transportés d'Égypte en une pièce, colonnades avec tout ce qui s'ensuit, palais, théâtre à l'architecture exemplaire qui ravit les habitants de cette région enviée, des temples pour honorer les astres, les dieux.

Sur la table à côté, encore dans la pénombre, cartes et plans de grands formats sont étalés. Deux équipiers ont interrompu leur repas, se penchent au-dessus des feuilles, se consultent. L'oncle Ibra, chef de l'entreprise, les rejoint. Michel Drès se rend auprès d'eux. Sid pense qu'il est grand temps pour lui de se retirer. L'oncle ne lui laisse pas le choix, il le convie à venir regarder de près les plans.

Tant qu'à faire. Sid suit avec attention la règle que l'oncle manie. C'est à ce point-ci que les fouilles doivent avancer et plus rapidement. Les suppositions des historiens, l'éclairage apporté par les documents ont avec raison désigné l'endroit, puisque quelques vestiges, quoique incertains, ont déjà été déterrés, Sid croit entendre, des échafaudages primaires, confirmant les spéculations. Eux tous, ici présents, ont la chance de participer à cette recherche des menus détails qui sauront raconter la fin de vie de la reine en exil.

L'oncle ne tarit pas d'explications, guide ledit Michel et Sid vers une pièce adjacente, dont la fenêtre a été barricadée, leur montre des objets encore enveloppés dans des tissus, posés sur des étagères. Sur une petite table, deux pièces attirent l'attention de Sid, deux récipients identiques à part leur dimension et leurs fêlures. L'un est de huit centimètres environ, l'autre de plus de douze centimètres. L'argile en est la substance, mais pas seulement. Sid ne pose aucune question, ne fait aucun commentaire, observe. L'oncle Ibra prélève un des objets en état de camouflage sur une des étagères, le déshabille, le montre... Sid ouvre grand les yeux, s'approche de l'oncle, aimerait tenir l'objet. Un verre en métal gravé. Les documentalistes sauront dire si l'inscription représente bien les initiales ou de quelconques insignes dont l'appartenance reviendrait à Aurélien, empereur romain, ou uniquement à Zénobie, reine de Palmyre. Unis, entrelacés, ces éventuels symboles offriraient une caractéristique de plus, témoigneraient de la liaison amoureuse d'Aurélien et de la reine, donc de la nature même de l'existence de cette dernière.

On cherche à trouver, en connaissance de cause, un verre ou un récipient en or, plusieurs répliques pense-t-on avec conviction, desquelles Zénobie, de tout temps, dans son royaume, se désaltérait, buvant du jus de grenade, du lait de chamelle de pareil joyau et dont elle ne manqua pas d'imposer le transport jusqu'au lieu de son exil.

Sid est debout près de l'oncle Ibra. Il tend la main. Simple pulsion, pour mieux voir. Ibra a un geste de recul, protecteur, qu'il regrette. Le site est, contrairement à la tradition, ouvert, par endroits seulement, aux intéressés. Sid effleure de l'index la surface du récipient. Des pensées, bien empaquetées, affluent dans son esprit. Il sait qu'un émoi le transperce et il n'en veut pas.

Tous débarrassent la table, se rasseyent. Sid est debout, compte regagner son coin de véranda. Il quittera les lieux bien avant l'aube, avant le lever général. Tel un poids lourd qui déboule dans la salle, une femme roulée dans un tablier fleuri se dirige vers la compagnie, dans ses bras, contre son corps, un tonnelet en bois. La compagnie l'applaudit. On l'attendait. Des coupes disparates se remplissent, passent d'une main à l'autre, jusqu'à ce que tous soient servis de cette crème, cette glace blanche, onctueuse, qui non seulement s'étire et s'allonge, mais qui, en plus, dès la première minute, a embaumé la pièce. Le silence est de rigueur.

« Régalez-vous, je vous laisse le tonnelet. »

Quelqu'un vient de dire « Dieu te bénisse, Daphné » ?

Sid avale la première cuillérée. Il se plonge carrément, entier dans sa glace. Tout s'efface, non pas en surface seulement. La blessure-Théa semble avoir disparu, l'édifice de son passé récent est moins que cendres, poussière répartie.

II

Sid est convaincu d'être le premier levé. Sa montre semble avoir perdu l'âme. Elle n'a pas sonné le réveil. Quelques étoiles délimitent un ciel qui tient encore à son voile de nuit. Ses ablutions faites dans cette buanderie qu'il s'est appropriée, Sid s'habille, range ses effets. Il ira récupérer ses gourdes en premier, l'une d'elles pendra de son sac à dos. Ses baskets devront glisser muettes sur le marbre de ces lieux, qu'il quitte définitivement. Il s'arrête à deux reprises, tourne la tête du côté de son coin véranda, ce refuge d'un jour, d'une nuit, s'en détourne... Est-ce un pincement au cœur, qui lui dit que ses pensées rendront souvent visite à cet endroit que le hasard a mis sur son chemin ? La porte de la salle est entrouverte, ce qui élimine le risque d'un grincement de gonds ou le choc sec d'une poignée qu'on manipule. Il s'agit d'atteindre la porte du fond, ses gourdes précieuses se trouvent encore dans cette sorte d'antichambre qui, en ce qui le concerne, le ravitaillera en eau.

« Déjà levé ?...Bien dormi ? » La voix de l'oncle le fait sursauter.

Sid fait oui de la tête alors qu'Ibra explique qu'il vérifie certains outils qu'il serait temps de prendre en compte pour la mission du jour, le strict nécessaire se trouvant déjà sur les lieux, dans un abri.

« Va porter ces thermos à la jeep qui attend dehors, reviens prendre ce paquet de sandwiches. Ils sont plusieurs à ne pas vouloir prendre de collation si tôt. Et toi ?...Sers-toi puisque tu es déjà là... »

Sid s'acquitte du transport thermos, bouteilles d'eau minérale rangées dans deux cartons, vient le tour des sandwiches bien emballés dans des sacs en papier. Quatre allers-retours en tout, alors que lui-même et ses gourdes se trouvent encore sur ces lieux auxquels il entrevoit de tourner le dos. Il se dirige vers l'antichambre, le bruit de portes qui claquent lui parvient. Un à un, les membres de l'équipe quittent leurs chambres, le croisent, le saluent, qui dans un bâillement, ou juste d'un clin d'œil, le sourire n'est pas de rigueur à ce moment précis de l'aube. L'un d'eux se sert un peu de thé, dans la gamelle qu'il tient du bout des doigts, en pressant le pas jusqu'à la jeep, les deux autres s'engouffrent dans le véhicule, ravis de somnoler un brin sur les sièges durs. L'oncle Ibra les a rejoints :

« Où est donc l'autre ? Il en manque un ! Qui va le chercher ?! »

L'un des membres saute hors de la jeep, se traîne jusqu'à la bâtisse. Dans l'antichambre, Sid contrôle la mise en place des bouchons de ses gourdes...

« Hé, ho ! On n'attend plus que toi ! Laisse là tes gourdes, tu n'en auras pas besoin. »

À Sid de se retrouver assis dans l'inconfort le plus absolu, épaule et hanche gauches écrasées, alors que le côté droit de son corps est à l'air libre, cahotant en compagnie des autres, dix à quinze minutes. Il aurait pu dire la méprise, expliquer. Il se laisse ballotter par une situation qui semble le prendre en charge. L'aventure ne lui déplaît pas.

Membres ankylosés, ils s'arrachent tous de la jeep, s'étirent, sautillent, tentent de reprendre forme. Question abri, il s'agit de murs à la chaux, une grande pièce à laquelle succède un rajout plus humble, une, deux tentes peut-être plus parsèment le lieu. L'oncle, une torche à la main, dépose son sac d'outils sur le coin d'une table défini par une poussière sablonneuse. Les autres se dirigent vers là où des lanternes attendent. Une à une, les langues des flammes projettent les cercles du verre, mouvance nerveuse dans une luminosité partielle de reflets fantomatiques. Les mains des hommes s'agitent, se munissent de brosses, de pinceaux à brosse, de pics dont le métal a été affiné. Michel Drès s'active en connaissance de cause, c'est alors que Sid, en tout dernier, explore le jeu du mimétisme. Tant qu'à faire !

Lanterne à la main, Sid rejoint les autres. Il semblerait que chacun ait sa place, son minuscule patelin, dans la configuration collective de petite envergure de ce site destiné au programme d'exploitation de ces mois. Le terrain s'étend à perte de vue, irrégulier dans sa surface aplanie, parsemé de monticules naturels ou conséquents à des fouilles. Le lever du jour saura peut-être apporter les réponses qui, à cette heure, font défaut, tant au regard qu'à l'esprit du jeune homme.

Pour le moment, c'est l'obéissance.

« Je t'assigne une place cruciale, celle prévue pour notre spécialiste Michel Drès. Je ne peux la lui confier à cause de son bras. Un faux mouvement risquerait d'endommager quelques trouvailles, de provoquer un éboulement, là, proche de ces deux marches qui mènent à ce passage qui, espérons-le, nous révélera quelques secrets. Michel va s'occuper d'un travail moins astreignant, m'aidera à sélectionner, dater. Il est bon informaticien aussi. Son regard, son jugement nous sont très précieux. N'hésite pas à le consulter. »

L'oncle adresse quelques paroles explicatives à chacun des membres. Sid comprend à quel point l'esprit d'équipe importe, l'entraide à chaque instant fondamentale. Aussi, il se rend compte du fait que deux équipiers sont encore étudiants, affectés à ce site pour la durée de quatre mois, dans le but de présenter un travail écrit sur cette expérience sur le terrain. Cette information est un réconfort. Tout ce qu'il va entreprendre, la façon dont il va s'exécuter, manier les outils, piocher, en un mot fouiller, ne pourra pas être si lamentable que ça, face à ces deux futurs archéologues, pour qui cette mise en scène est aussi une première.

Sid vient d'observer ses collègues. Il s'accroupit, prend appui, puis pose son séant sur la pente sablonneuse qu'Ibra lui a indiquée, les pieds tout au bord d'une crevasse, brosses et pinceaux à portée de la main. Il touche un outil, le tâte, le saisit, le fixe du regard, en prend un autre. Les deux jeunes gens à sa droite brossent la terre, la caressent. Il en fait de même. Il ne regarde plus ses équipiers, il croit connaître l'affaire. Rien de trouvé, il soulève le petit amas de graines fines, le dépose de côté, sur le passage, là où lui et les autres viennent de marcher.

Le jour se lève. Le ciel à l'Est hésite entre se poudrer de rose ou se teindre en jaune. Les mains de Sid s'immobilisent, son regard salue la nouvelle lueur, sa respiration est comme libérée, s'allège, par rapport à son état des jours précédents. Son sang coule fluide, sans grand tintamarre au niveau des oreilles, sans cette étrange pulsation qui le fatiguait. Il goûte l'heure qui, de minute en minute, s'éclaire et s'illumine par un soleil dont les rayons se cloîtrent encore, dans leur pudeur initiale.

Sid frissonne. Il se laisse glisser, genoux à terre. Un bout de soleil vient d'apparaître, le reste suivra sans plus tarder. L'exclamation est générale, les membres de l'équipe se souhaitent le bonjour. L'oncle Ibra sort de sa tanière, le sourire aux lèvres, tous se lèvent avec précaution, s'acheminent vers l'abri. Il est grand temps de reprendre des forces.

La gamelle à la main, l'oncle Ibra s'approche de Sid.

« Je vous ai vu au travail, vous avez… »

Michel Drès interrompt l'oncle avec une vivacité que Sid définit d'infantile, il se trouve que l'archéologue aurait découvert un indice certain et des plus intéressants, qu'Ibra devrait, sans plus tarder, examiner de près. Il entraîne le responsable des fouilles en direction de l'abri, exposant ses suppositions avec volubilité alors que Sid reprend sa position de travail non dans le doute, mais dans la certitude qu'Ibra avait voulu critiquer sa méthode de travail. Rien d'étonnant d'ailleurs. Sid aurait été ravi d'élucider son cas. Il n'a plus qu'à attendre la fin de la journée, pour faire ses adieux à la compagnie.

Le voilà qui apprête un pinceau-brosse, fait glisser son pouce sur les mèches, les poils comme pour les aérer, les assouplir, fait coulisser l'outil sur la surface à traiter, le coule en profondeur, roule le sable, le poignet guide la main dans une rondeur de mouvements qui captent le regard. Sid arrête ses gestes de temps à autre, filtre le sable entre ses doigts, admiratif face à la diversité des nuances qui épousent la lumière ascendante du jour. Autant profiter de chaque détail, intensifier chaque sensation, en être le maître se dit-il, puisque l'entreprise est provisoire.

Les rayons du soleil n'obliquent plus, tantôt c'est ardemment, en ligne droite qu'ils réchaufferont avec risque de brûlures, les bras et visages des membres de la compagnie, malgré les t-shirts manches longues, les casquettes à grande visière, les chapeaux en coton, à grands bords ou les foulards enroulés autour de la tête. Chacun se lève à sa guise, quand bon lui semble, se rafraîchit le gosier, asperge sa tête d'eau, va jusqu'à la route faire quelques pas pour atténuer les crampes au niveau du cou, des épaules.

Sid évite ses compagnons, mange deux sandwiches d'affilée, boit un demi-litre d'eau. Son esprit se tourne vers la personne de Théa, remarque soudain que, de toute la matinée, il n'avait pas pensé à elle, s'en étonne. Les six derniers jours, après qu'il a vu de ses propres yeux Théa dans les bras de son ami Thomas, il n'avait pu ni ignorer ni se débarrasser non seulement du chagrin, de la déception cousue de ressentiment envers ces deux personnes qu'il aimait et respectait, mais aussi de la douleur aiguë qui transperçait son cœur, dépeçait son cerveau, son esprit. Et c'est là, face ou plutôt dans ce sable, à la recherche de traces vieilles de plus de mille sept cents ans, qui ne lui sont d'aucun intérêt, qu'une sorte d'oubli, un certain réconfort se seraient glissés en lui, comme à son insu. Il chasserait toute pensée en rapport avec sa vie privée, pour empêcher la douleur de renouer avec lui.

Son portable sonne. Seul Ibra capte le son sorti du blouson plié en quatre de Sid. Ce dernier se trouve à quelques mètres de l'abri, rejoint le directeur des fouilles qui réclame à grands gestes sa présence.

« Ah ! Enfin ! Je te trouve ! Mon petit ! Où es-tu donc ? Je me fais un sang d'encre ! Parle, dis-moi ! Théa non plus ne… »

La mère de Sid crie son inquiétude.

Sid la rassure, il va bien, très bien même. La mère

voudrait connaître les raisons de son départ. Théa lui aurait dit qu'il l'avait quittée et elle n'aurait su dire la cause de la rupture… Ah ! De même ni elle ni Théa ne comprennent le fait qu'il ait donné sa démission à ses employeurs, rejeté de but en blanc un travail qui lui donnait entière satisfaction… Ah ! ! Le travail, oui à la rigueur, mais l'ambiance, parlons-en !

Qu'on ne vienne surtout pas quérir le réconfort auprès de sa personne ! Exception faite à la maternelle qui n'a jamais manqué d'être là pour lui. En quelques mots grossis par la chaleur environnante, il affirme avec conviction à l'intention de sa mère qu'il ne s'est jamais mieux porté, qu'il compte prendre de longues vacances, manière de retrouver un tonus qui lui avait fait défaut ces temps derniers.

La communication prend fin, les batteries du portable se sont éteintes. Sid décide de ne pas penser à les recharger. Ibra, conscient du sentiment de contrariété inscrit en grand sur le visage de Sid, s'approche de lui à pas feutrés :

« Vous me direz sur quel site vous avez travaillé par le passé. »

Michel Drès venait de lui faire part des doutes qu'il nourrissait concernant l'identité de ce soi-disant collègue, qu'il n'avait jamais vu.

« Votre doigté, votre technique font preuve d'une grande souplesse. Grande assurance. »

Ceci de dit, il tourne le dos, se dirige vers l'abri.

Sid reprend position. À peine accroupi, il voit Ibra debout devant lui, chargé de deux sortes de pioche et d'un autre outil dont la pointe de métal fin est comme frisée ou ondulée.

« Suis-moi, jeune homme, tu vas te mettre à la greffe. »

À ce mot, ses yeux et son front se rétrécissent sous l'effet d'une malice truffée d'enchantement.

Ibra contourne l'emplacement, s'en éloigne d'un mètre et quelque, Sid sur ses pas. Tous deux font halte là où la terre est déjà nivelée, délimitée par un périmètre de pierres de grand âge, leurs irrégularités, seuls témoins visibles de ces temps anciens.

« Comme vous l'avez entendu dire, cet emplacement précis a été jusque-là considéré comme clos aux fouilles, plus maintenant. Toutefois... Ibra toussote. Une pièce parmi d'autres du palais de l'empereur et de la reine en question... »

Il dit croire que des preuves se trouveraient dissimulées, emprisonnées, ensablées à un niveau inférieur à la surface exposée. Dans ses yeux, une lueur se trémousse, il s'éponge le front, le cou, la nuque, le mouchoir, un torchon qui se balade autour et au-delà sa tête, il respire par courts à-coups, explique que ce serait bien ici, là, là qu'il faudrait fouiner. Sid serait maître de la situation. Il faudrait s'y plonger avec discrétion, avec une minutie infime, car l'Institut s'oriente d'une manière tout autre. Tandis que lui, son expérience, son intuition plus que tout, en rapport avec les astres, le passé, ne le trompent pas.

Ibra est en quelque sorte reconnaissant du fait d'avoir

un inconnu face à lui, peu lui importe si Sid est délégué ou pas par l'Institut. Il fait confiance à son instinct, à sa connaissance des caractères, des personnalités, révélations infaillibles jusque-là. Ce Sid tombé du ciel a la main, il en mettrait la sienne au feu. Il va justement l'orienter vers l'espace en attente, anticipant mieux établir, conditionner l'alentour avant l'arrivée des grands experts, à qui l'Institut a fait appel pour l'étape finale. Finale ? Ibra a ses convictions. Et elles sont nombreuses, solides comme un roc. La fin ? De quoi ? Du passé... ? C'est quand, c'est où, à quel niveau, sur quelle strate ? Ce bon Sid, que rien ne semble choquer, n'est pas de la race de ceux qui protestent, se soumettent à une hiérarchie. Il ne pose pas de questions, n'est même pas laconique, puisque le silence est sa devise, il y va de sa sérénité qu'Ibra qualifie de divine, de la souplesse de sa main qui saura éclaircir les hypothèses. Ibra agit sous la pulsion de sa foi propre en certains êtres humains, foi qui souvent ne fut pas partagée par ses collègues ou supérieurs, à tort pense-t-il. Il est temps pour lui de réclamer des droits, de proclamer ses choix.

Sid n'en est pas à sa première surprise. Il s'oublie. Puisqu'on croit en sa compétence, c'est donc qu'il a la trempe d'un habitué en la matière. Il va s'y mettre. Il entend Ibra lui dire qu'il ne reste plus qu'une heure trente de travail pour cette journée, le voit s'éloigner dans une marche arrière dont l'imprudence est à craindre, mimant une affirmation de la tête, une conviction.

Les outils, Sid n'en a jamais vu de pareils, mais, puisqu'on a foi en lui, il compte les saisir, les prendre, entreprendre.

Enfant, dans le bac à sable, la construction-design était son fort. À la plage aussi, ses pâtés prenaient des allures variées. Adolescent, il laissa la mer inonder ses sculptures. Terre pour terre, sable pour sable, il empoigne sa première fourche. Centre ou coin de mur ? Entre deux. Il mesure au millimètre près, poursuivra de cette façon. S'il avait été reine, face à ce lieu, c'est là que… plus près du mur, dans sa longueur… La veille, Ibra avait certes étalé les plans, Sid avait suivi les indications en amateur dissipé.

Accroupi, il manie la lancette. Il n'a pas menti quant à son identité, son métier… il ne ment pas, n'a jamais eu l'intention de le faire. Il s'est trouvé en ce lieu, la situation s'est présentée et Ibra Le Paternel l'a entraîné, fort de sa foi, alors que lui n'avait aucun plan, pas le moindre projet en tête. Il avait pris le train en direction du Sud deux jours plus tôt, et puis il avait marché avec pour seul objectif l'éloignement, la distance entre lui et les personnes de Théa, de Thomas, pareil pour sa firme, sa ville. Aucun but géographique précis ne l'avait animé, se retrouver, se refaire étaient les seules composantes d'une même motivation.

Dire qu'il ment à cette compagnie serait mensonger, admettre une erreur qui n'en est pas une. Que d'autres reconnaissent en lui une habileté que lui-même ignorait avoir, c'est lui offrir l'occasion de faire ses preuves pour quelques heures. Il est ce qu'il est, celui qui officie selon ses possibilités ou son talent inné et non stylisé, dans sa propre vérité. On vient de lui accorder une faveur, une heure, une heure trente du restant de sa vie pour s'acquitter de ce labeur, ce passe-temps qui lui offre refuge, oubli, et surtout l'extension inconnue de lui-même. Que personne ne vienne l'importuner. Il se veut seul avec lui-même et avec cette reine du passé.

Son esprit se soude à ses mains, qui pivotent dans un libre-échange avec le terroir d'antan. À trois mètres environ, une cloison d'environ soixante centimètres sur soixante dissimule l'accès vers une grotte, un couloir. Sid lui dédie un regard qui s'y attarde. De loin, à partir de l'abri, Ibra observe le jeune homme, se revoit étudiant penché avec cette même concentration au-dessus de terrains à vestiges, appliqué de tout son être dans ce travail de fouilles.

Il n'y a pas de fin, il faut sans cesse reconsidérer. C'est l'intérêt des recherches. Ibra voudrait poser sa tête sur une des pierres du passé et rêver, retrouver son temps propre, le sien, celui qu'il ne s'était jamais alloué, l'apprivoiser autrement, le recycler. Ses pas traînent sur le sol, terre battue de l'abri, s'abriter enfin de ses projets d'antan et pour de bon, les battre en retraite, faire grande la battue de ses erreurs, sonder un nouveau rythme, combattre la lassitude de l'esseulement, trouver le repos dans la connivence du jour. Ses années, un quart et demi de siècle à se rendre d'un site à l'autre, à hanter les musées, trier des objets, débattre entre collègues, inscrire, écrire, enseigner. Hantise et obsession, à la recherche du réel. La réalité ? La sienne aujourd'hui – le dépaysement. Sa respiration est lourde, il s'éponge la nuque, le front, ses yeux sont embués, il voit mal à travers ses lunettes solaires. Une douleur, un coup de lame traverse sa poitrine, il s'assoit. C'est qu'il a le cœur gros. Il n'a pas su faire la différence, se retrouve seul, avec des réponses peu édifiantes. On ne connaît pas plus le passé que l'avenir. On pourrait aller jusqu'à prédire l'avenir selon les données du jour et, avec quelques justes ou injustes audaces, se flatter d'exactitude. Quant au passé, il nous tient, nous retient encore.

Soleil et vantardise, l'astre s'enflamme, lâche dru tout son orgueil, des étincelles flamboient sur les monticules de sable, les pupilles des chercheurs picotent. Temps de plier bagage.

L'oncle Ibra a les joues toutes rouges, violacées même, Michel Drès contraste par sa pâleur, l'épaule endolorie est affaissée par rapport à celle qui est saine. Un des étudiants prend le volant, avec Ibra sur le siège à côté, Sid se retrouve presque accroupi sur le sol de la jeep, allouant autant d'espace que possible à M. Drès, de toute évidence plutôt mal en point et au deuxième étudiant. Mariam reprendra la voiture pour ramener les deux experts archéologues laissés sur place.

Sid se rend sans plus tarder à la buanderie pour se

rafraîchir et le corps et l'âme en l'occurrence. Il y a du linge qui bout dans sa mousse dans le chauffe-bain d'antan, avec dans son socle des bûches qui éclatent et explosent, flammes et étincelles comprises. Une fois vieux, souffrant de quelques rhumatismes, Sid pensera venir faire une cure ici même, prêtera son dos, ses muscles affaiblis à ce chauffe-bain en ébullition. Radicale la guérison. Chaleur pour chaleur, du dehors à l'intérieur et vice versa, autant s'y noyer, c'est ce qu'il entreprend sous une averse d'eau qui fait mousser son shampoing de la tête aux pieds. Son sac de couchage est prêt à recevoir une loque qui a seulement soif, qui ne sait plus différencier entre le fait de rester sur les lieux ou de partir, en d'autres termes de révéler son identité, d'avouer plutôt ce qu'il n'est pas ou de persévérer sciemment dans ce même silence imposé par autrui, dans le cadre d'une situation inopinée, qui ne s'était prêtée à aucune révélation d'un ordre contraire.

Sous l'emprise d'un heureux engourdissement, Sid, allongé sur sa couche, est à demi conscient du bruit en provenance de la bâtisse, va-et-vient prélude à la sieste générale. Il succombe à sa fatigue, tombe dans les bras de Morphée.

Côtelettes d'agneau au dîner, Sid n'aime pas trop cette viande, il en mange avec une certaine avidité malgré tout, l'accompagne de plusieurs tranches de pain. L'ambiance est à la morosité, l'oncle Ibra fait acte de présence, touche à peine aux mets que Mariam lui sert,

Michel Drès ne desserre pas les dents, se tient penché en diagonale sur sa chaise, les autres collègues échangent quelques remarques, le silence les absorbe, les engloutit. Le tonnelet à glace arrive porté par les bras musclés d'un gaillard, le service se poursuit sans rebondissement. L'oncle Ibra se retire avant les autres. Les deux étudiants partent en jeep vers le centre-ville le plus proche, assurent qu'ils seront bien vite de retour. L'archéologue spécialiste invite Sid et Michel Drès à fumer une cigarette dehors, c'est-à-dire dans la place de ce village sans nom, seul Sid le suit. Affable le compagnon, amical avec sa barbe que des touffes argent parent. Un mètre quatre-vingt-dix environ, estime Sid, poids léger, l'homme se montre bavard. Il est assigné au projet de ce site depuis longtemps déjà, en a fait le tour d'horizon à travers des documents, de même que sur le terrain. Malheureusement, preuves et indices restent on ne peut pas dire négligeables, mais trop incertains.

« Une grande reine, la Zénobie comme tu le sais, dit-il, ajustant ses pas sur le sol rugueux de la place, une femme de tête, hum hum, chef de gouvernement, qui a su diriger un État, assumer son administration, parfaite stratège qui fit la guerre à côté de ses soldats, su manier le sabre et l'épée. En plus de l'araméen, elle maîtrisait l'égyptien et le grec à la perfection, la langue latine moyennement. Elle alla jusqu'à rédiger un traité sur l'histoire de l'Orient et d'Alexandrie. C'est te dire, jeune homme, le type de femme auquel nous avons affaire… Un balancement de tête achève sa réflexion. »

Sid s'arrête afin de ne pas manquer la suite de cet aperçu, prend position face au spécialiste.

« J'en aurais été amoureux fou, je me serais laissé fracasser le visage, le corps pour elle, clame l'archéologue. Il tire sur sa cigarette, exhale à trois reprises, les yeux fermés. À notre connaissance, elle fut la première femme à revendiquer les droits et les libertés des Arabes, la première au Proche-Orient à se révolter contre la tyrannie de l'Empire. Du haut de sa taille, l'archéologue vient de pencher la tête vers le bas, semble suivre, comme aimanté, l'acheminement de ses pas. À part sa générosité légendaire, cette clémence propre aux bons princes, on ne peut passer à côté de sa beauté, avec ses yeux noirs, une dentition blanche, des perles tenant lieu de dents, notre documentation en témoigne. »

Les traits de Sid transitent de l'éclat de la curiosité au galbe de la déception. L'archéologue n'en dira pas plus. Quelques minutes encore au milieu de ces maisons placées en rectangle et Sid s'en ira retrouver son sac de couchage. Il sait déjà, car il vient d'en prendre la décision, que lorsque l'équipe se sera assoupie, il se lèvera, ira consulter les livres, quelques documents aussi, suivre enfin, avec intérêt, l'épopée de la reine.

« Ses traces ici, ailleurs verraient-ils le jour ? »

L'archéologue reprend le cours de ses pensées, dans une enfilade de questions. Sid est à l'écoute.

« Zénobie, est-elle demeurée la prisonnière d'Aurélien, morte de faim, de maladie ou étranglée en prison, décapitée même ? Le poison dissimulé dans sa bague, l'aurait-elle vraiment avalé ? Ici même ou… peut-être avant son arrivée ? Nombreux sont les doutes. L'archéologue leur laisse le champ libre. Aurélien, lui, l'aurait-il aimée au point d'en faire son égale, comme certaines sources l'affirment ? Il nous faut des preuves, encore et encore… ces objets, dont on ne fait que parler, à l'effigie des deux personnages, un seul nous suffirait. Nous avons la reproduction d'un verre en forme de vase, en or et incrusté de pierreries. Un seul, qui verrait le jour dans ce site, nous comblera… »

Sid le quitte, la tête foisonnante de réflexions toutes jeunes. Assis sur son sac de couchage, il lève le regard vers le ciel, y lit les étoiles. Vers les vingt et une heures, il quitte son coin véranda, s'installe à une des tables de la grande salle face à des coupures de journaux disposées dans des chemises, de quelques copies de documents, chacune d'elles dans une chemise transparente, rangées dans un classeur, deux traitées en rapport avec le site.

À la mort de son époux Odénath, roi de Palmyre, Zénobie, fille d'un prince arabe de Palmyre, poursuit les objectifs du roi défunt, assurer la sécurité de sa région par l'expansion territoriale, l'épanouissement de sa cité. Elle réussit à faire passer les caravanes de la route de la soie, venues de l'Asie, de l'Inde par Palmyre. On compte

600 différents tarifs sur les tablettes trouvées. La place du marché était imposante, la ville offrait de multiples facilités, temples, bains théâtres, promenade.

En effet, Zénobie étendit son pouvoir sur toute la Syrie, l'Arabie, la Palestine, et enfin sur l'Égypte, grenier à blé de Rome, vers le nord, elle conquit une partie de l'Asie Mineure.

En quelques années seulement, elle édifia son empire dans l'Empire, ne se comporta plus comme une reine locale, mais comme une impératrice en quête du pouvoir absolu, sous des empereurs romains inefficaces et affaiblis, incapables de défendre leurs propres frontières, que cela soit contre les Goths, les Alamans, les Scythes ou les Sassanides. Elle buvait avec ses généraux, faisait boire ses ennemis, Perses, Sassanides ou autres, jusqu'à ce qu'ils roulent sous la table. Elle et son époux avaient jusque-là réussi à sauvegarder les territoires en Orient, à les protéger contre les attaques d'envahisseurs. En 271, elle fit frapper sa propre monnaie et elle s'attribua le titre de Septimia Zenobia Augusta. Unifier les territoires sous une même culture araméenne fut alors son objectif principal.

Sid ne relève la tête de sa documentation que lorsque les deux étudiants, de retour du village, font irruption dans la salle et viennent vers lui.

« Quelle concentration ! La même que celle durant les fouilles, hein ! »

Ils disent s'être divertis, qu'ils ne supportent pas de

vivre dans le passé vingt-quatre heures sur vingt-quatre, puis déclarent à quel point ils admirent cette passion intense qu'ils découvrent chez le nouveau venu.

« En fait, sans pareil dévouement, on n'y arriverait pas... Je suis à la fin de mes études et je commence à douter quant à mes possibilités, avoue l'un d'eux, qui de suite met l'index sur ses lèvres closes, dans un chut qui résonne, entre nous, n'est-ce pas, je tiens à avoir mon diplôme. »

Sid quitte la pièce à la suite des deux étudiants. Un bon somme lui est indispensable. Il ne veillera pas la nuit durant sur cette reine intrépide, ne déplorera pas son sort, la fatalité dont elle fut la victime, la soumettant ainsi que sa grande armée au pouvoir de l'empereur Aurélien, malgré le stratagème judicieux qu'elle avait conçu, dans l'espoir de mener son pays à la victoire. Admettre pareille défaite, être rattrapée par Aurélien alors qu'elle fuyait vers la Mésopotamie, prisonnière importée à Rome, dans le but d'être exhibée comme pièce à conviction pour le triomphe d'Aurélien sur les armées en Orient, où elle dut figurer le jour de la parade, parée de pierreries si énormes, qu'elle croulait sous leur poids, certes un enchaînement humiliant à volonté. Des chaînes d'or, semble-t-il, avaient cerné ses mains, ses pieds, même son cou était ceint d'un lien d'or, que soutenait un bouffon perse.

III

Une intrépidité naissante s'est greffée à la curiosité en éveil de Sid, contagion ou mimétisme de sa part, suite à sa documentation de la veille, il ne saurait l'expliquer. Il tente de modérer sa nervosité. Premier arrivé à la jeep, il décide de prendre lui-même le volant et s'impatiente, car les retardataires sont justement les deux étudiants épris de discipline laxiste. Michel Drès n'est plus des leurs, l'effort aurait eu raison de ses capacités, son départ est prévu dans la matinée. Ibra, à sa droite, étonne par son mutisme. Sid voudrait s'enquérir sur son état, s'en informer surtout à cause des cernes qui creusent le bas des yeux. Il décide de ne pas importuner le brave monsieur, une contrariété quelconque, une nuit blanche suffisent à déstabiliser l'harmonie de l'organisme le plus sain.

Sid retrouve sa place sur les lieux du site, ne voit ni n'entend l'agitation, prélude au travail. Il a fermé les yeux, aspire profondément, son regard s'incline, se baisse, il tend la main vers l'outil qui va l'aider à recueillir l'arcane et l'évidence du passé. Une seule impression, celle du temps qui manque. Il ne pioche pas, il incise avec lenteur. À plat ventre, dans l'obscurité brunâtre du couloir, il pique et transmet à coups feutrés, longtemps, ne s'arrête pas. Ses doigts se relâchent enfin, ses mains sur le sol semblent, elles, lire le passé. Cramponné à ce sol, glissant marche arrière vers le plein air, Sid sent la transpiration l'inonder, il en a presque le vertige. Accroupi, il porte sa bouteille d'eau à ses lèvres. Le liquide coule en lui, il peut suivre le parcours de chaque gorgée à travers son corps, jusqu'au bout de ses doigts. Réanimé par la vie. En approchant la vie de l'autre, des autres.

   A-t-on le droit de fouiner dans la vie d'autrui, rien que pour en déduire certaines conclusions – au service de l'Histoire ? Saurons-nous interpréter les faits, apprécier les sentiments à leur juste valeur ? L'effroi, le désespoir, de Zénobie, tout au long de son voyage de déportation, humiliée de la sorte, son amour ou sa haine envers Aurélien, le conquérant ? À quoi ses nuits ressemblaient-elles ? Ses journées ? Quels avaient été ses souhaits, les vrais, les réels, dans l'empire ennemi ? Reine, impératrice, ses victoires, ses accomplissements, ses défaites, tant de preuves accumulées. Déchue, simple citoyenne expatriée, qu'en reste-t-il ? Et pourtant, ce passé est dans notre présent. Il est notre présent.

   Sid laisse là sa bouteille d'eau. Un ricanement tente de traverser ses lèvres, il le contrôle. Il rirait pourtant, haut et fort, dans un assemblage d'échos au niveau des plus hautes chaînes de montagnes du monde, pour se moquer de sa propre personne. Qui est-il lui, au cœur du temps, au cœur des changements ? Même pas un nom, même pas… Il s'était cru important en tant que victime, la victime d'une infidélité. Lui, ce grain de sable dans l'immensité.

Il allonge la moitié de son corps, tête et mains en avant dans le couloir, tâte le pouls de la terre, en sent les vibrations, incise au bas de la paroi droite, effleure un durillon, en caresse la surface, l'époussette les doigts joints. Une pièce de monnaie.

Sid se relève, la main droite refermée sur elle-même, poing protecteur. Il ne desserrera les doigts que lorsqu'il aura atteint Ibra dans son abri. Le calme siège en lui. Les musées et même les domiciles regorgent d'anciennes pièces de monnaie. Elles perdurent avec le temps, dans chaque sol, à l'abri des vicissitudes, elles écrivent l'histoire de l'échange, de certaines coutumes. Il n'ignore pas ces faits, cela n'empêche que la découverte correspond, en ce qui le concerne, à une première. Ses lèvres tremblent, les yeux tout arrondis, il se tient face à Ibra.

Lentement, il libère sa main de la tension qu'elle subit. L'oncle est assis, lève le regard, ses paupières sont lourdes ; en fait, elles accusent une légère tuméfaction.

« Oui, jeune homme, voilà un indice, le premier pour toi, ici, il te montre la voie à suivre. »

Il aurait voulu encourager l'enthousiasme, encore plus, sa respiration n'est qu'un halètement, il détourne la tête.

Une vive émotion étreint Sid à la gorge, à la vue de cet homme vif et pétillant autant que bienveillant, affalé soudain telle une loque, à ses côtés, à qui il souhaiterait tendre la main. Cet homme qui pourrait avoir l'âge de son père si ce dernier n'était pas décédé, alors que Sid n'avait pas encore huit ans. Ibra qui a cru en lui dès le premier jour, qui croit en lui, un fait qui ne s'explique pas. Sid sort à reculons, il sait que l'oncle souhaite être seul.

Il va doubler d'ardeur. Sur les planches. S'il a bien compris l'emploi du temps des travaux, car cela n'avait pas éveillé sa curiosité plus que cela lorsque Ibra en avait parlé, dans une semaine tout au plus, une main-d'œuvre pour la pioche majeure, centrale en l'occurrence, doit accompagner de nouveaux archéologues. Il s'agit maintenant pour lui de devancer, d'agir pour deux, avoir quatre mains, fendre la poussière des siècles, descendre jusqu'au cœur du temps. Ses doigts se font pinceaux, couche après couche cette brume, loi de la nature sur la vie, floraisons en cendres, le grain de sable, roi, son règne absolu, à vaincre, à retirer. Sid s'acharne sur cette poussière, est-elle vie, est-elle mort ? Un filet de sable coule entre ses doigts. Tout est silence et les vibrations se succèdent, rythme de folie. Couche sur couche de désintégration, désagrégation vitale dont l'éloquent hermétisme fascine, absorbe les énergies, transporte. Fouiller dans une vie qui ne nous appartient pas, sacrilège et présomption et, cependant, il y a héritage, descendance directe.

De cette Zénobie, qui lutta pour sauvegarder son pays après avoir développé son économie, le domaine de l'art et de la pensée, est-ce que les traces qu'on déchiffrera, ces objets incrustés dans les profondeurs de la terre parleront pour elle, exprimeront-ils ses sentiments, ses angoisses, nous confieront-ils ses émotions face à la défaite que lui fit subir Aurélien ? Qui est-elle en réalité, qui fut-elle ? Ses pensées ?

Traces… qui ne révéleront rien de la personne. Chaste reine qui n'acceptait de partager sa couche avec son époux que lorsqu'elle désirait avoir un enfant, donc dans le seul but de la procréation, et qui dut se soumettre plus tard, en tant qu'amante d'Aurélien ou de celui qu'Aurélien lui aurait imposé… Sid creuse, approfondit, cherche… Théa dans sa vie, ses marques à elle sur sa peau ?! Il a été l'homme de sa vie une fois, il brosse, enlève, déterre. L'oncle Ibra est sorti de sa tanière, suit Sid du regard, aimerait aller vers lui, lui adresser quelques paroles.

Ah ! Théa, Sid doute avoir jamais compté pour elle, comme elle l'avait prétendu. Mensonges du jour qui s'accumulent sur les présomptions du passé. Lourde serait la planète, la poussière unique solution. Une sueur dégouline sur ses joues, ses yeux transpirent, se voilent. Zénobie a perdu un pays, un peuple, sa vie, lui, Sid de surnom ces jours derniers, a perdu une épouse, la vit dans les bras d'un autre. La souffrance de Zénobie comparée à la sienne ? La reine d'antan avait voulu le bonheur de son peuple, sa liberté, elle a perdu. Lui, Sid avait fait un choix, s'était promis un bonheur à deux. Rien n'est permis sur Terre.

Sa prochaine étude se concentrera sur la nature humaine. Il a claqué les portes derrière lui, a quitté les lieux sans mot dire, avec détermination. À tort ou à raison.

Mais est-ce qu'il aurait attaqué, combattu, massacré un peuple pour ensuite en séduire sa reine, s'en glorifier ? Conquêtes et victoires, leur utilité ? Souverain, il n'aurait pas traîné une reine avec lui jusqu'à son pays dans le but de sceller son triomphe.

La main de Sid effleure longuement le sol qui emprisonne les secrets. Le passé, quel poids ! Aussi faut-il pouvoir le vivre avec aise, neutralité, l'amalgamer au reste avec doigté. Zénobie ?... Peut-être après tout n'est-elle jamais arrivée jusque-là, malgré toutes les affirmations.

Le présent est saturé d'énigmes lui aussi, les révélations restent enfouies, notre élément propre se base sur l'hier et l'inconnu du jour. C'est vivre en conciliation.

De son index, Sid trace des syllabes, une inscription, composition de noms, le sien de ce jour et le véritable de toujours, celui de sa mère, de son père, d'Ibra, et pour terminer le nom de Zénobie qu'il écrit avec ferveur.

Une voiture titube sur la route, freine dans la fumée d'un moteur qui cherche le repos. Ibra reconnaît un personnage du hameau, qui s'avance chargé d'un panier et d'un sac frigo portable. Le visage rond, un sourire qui fend les joues jusqu'aux oreilles, et l'homme qui d'un coup cavale sur le terrain.

« Une bonne fournée aujourd'hui, réussie à tous points de vue. J'ai pensé à vous. »

Le message est bien reçu, Ibra décrète une pause pour savourer ces bouchées de pâte à levure, garnies d'un mélange de thym au sumac et d'huile d'olive. Elles embaument l'endroit. Le boulanger annonce la canicule pour ce jour.

« Vous ferez bien de quitter les lieux plus tôt que d'habitude, sinon, gare aux coups de soleil ! »

Pour le moment, les membres de l'équipe prêtent attention aux bouchées plus qu'à l'avertissement du boulanger qui, en fait, ouvre son frigo portable et en sort un sachet d'abricots.

« Voilà ! Il dépose son fruit sur la poussière de la table, je dois vous quitter, dit-il, on m'attend, avalez vite ces fruits de mon jardin, avant qu'ils ne se transforment en compote. »

Le boulanger remarque le regard soucieux d'Ibra, il s'approche du responsable des fouilles, le prend par le bras, l'incite à l'accompagner.

« Rentre avec moi, Ibra, j'ai quelque chose à te dire. »

Ibra n'a pas pensé à protester.

Les deux étudiants traînent dans l'abri, se gavent de fruits, ils interpellent Sid qui déjà se dirige vers la sortie du refuge. Ils disent vouloir quitter le site avant l'heure, l'avertissement canicule les inquiète, ils iraient au centre-ville se désaltérer, se distraire et invitent Sid à se joindre à eux. Les deux archéologues, disent-ils, acceptent la sortie, seront des leurs.

« Il serait temps pour moi de prendre un peu de distance de ce site, de la problématique "Z" », explique l'un d'eux. Ses pantalons couleur terre, dont il a retroussé les bords, flottent autour de sa taille, de ses jambes, de même son t-shirt de lin blanc à travers lequel on devine ses clavicules. « Une femme-homme, notre Zénobie, étant donné sa virilité, continue-t-il, elle ne pouvait être belle, d'ailleurs son effigie sur les pièces de monnaie... Pas à mon goût. »

Son camarade l'interrompt avec véhémence, dit qu'à son avis on connaîtrait mieux le passé que le présent, on le conçoit, le juge à travers la réalité de ses vestiges, fondement de certitude, d'ailleurs nos propres acquisitions en sont les preuves, conclut-il avec assurance. Quant au présent, il se dissimule derrière un paravent truffé, et nous fait patauger dans le doute.

« Que fais-tu des interprétations concernant le passé ? Et dire que tu as commencé par l'acquisition d'un diplôme en sciences politiques ! » s'exclame son collègue qui ne partage pas cette opinion.

De là sa nouvelle orientation, explique l'étudiant, « les fondations... il me les faut, la source, l'origine... »

Sid refuse de se joindre à eux pour la sortie en ville, il restera sur le site. Les étudiants expriment leur dépit, leur intention est de prendre la voiture. Sid affirme qu'il trouvera bien un moyen de rentrer seul.

« Vous savez, dit-il, d'ailleurs, moi, je ne faisais que passer par là... »

Aucun des deux compagnons ne pense ni à relever ni à approfondir la révélation.

Sid se plonge dans la chaleur des temps. Conscient du

fait que son départ est imminent, son imposture s'étant prolongée plus qu'il ne le souhaite, il se soumet à une nouvelle ardeur, la dernière. Il s'est laissé prendre au jeu, d'heure en heure, son intérêt pour cette cause du passé a pris de l'ampleur. Il aurait aimé pouvoir poser son regard, ne serait-ce qu'une fois, sur le chantier creusé, entièrement recouvert, qui attend les experts. Cette chance ne lui sera pas accordée. Il déterre, empoigne sable et morceaux compacts du sol. L'étudiant a parlé de fondations, de la remontée vers l'origine, lui aussi aimerait s'intégrer dans ses fondations, s'y fondre. Les siennes personnelles, jusqu'où pourrait-il les suivre ? Leur importance ? Sa mère, son père décédé alors qu'il était encore enfant. Ses familles... ? Il aimerait retrouver les membres de sa famille, ceux qu'il n'a pas eu l'occasion de mieux connaître. Il les écoutera conter leur temps.

Il est seul sur les lieux, ses camarades ont fait démarrer la jeep à quatre. Sid se réfugie un court instant dans l'abri, il a soif. Des bouteilles d'eau minérale se tiennent en un rang serré sur une étagère, une gargoulette en argile les toise. Sid sait que l'eau dans ce récipient de tout âge reste longtemps fraîche. Il secoue l'objet, en fait tinter l'eau, il va entreprendre d'en boire gorgée par gorgée. Deux tentatives avant la première réussite. L'eau coule en lui, il sent, aime suivre une fois de plus le parcours de chaque gorgée au long de son corps, jusqu'au bout de ses doigts qui s'irriguent. Il aspire à chaque fois, remercie la nature pour ce baptême de vie.

Dehors, il fait quelques pas avant de se diriger vers la place qui lui est réservée, foule avec aise le sable, indifférent au langage ardu que lui tient le soleil. Ses outils l'attendent, il s'en saisit. Il compte rester sur ces lieux en ce jour, ne pensera pas au retour, jusqu'à ce qu'il fasse une découverte de taille. Il travaillera de nuit s'il le faut, la belle affaire que d'allumer une lanterne.

Son t-shirt lui colle au dos. Il aurait besoin de s'asperger d'eau, de mettre la tête sous un robinet ou plonger dans une rivière. Piètre protection que sa casquette, elle le réchauffe plutôt. Sa pioche cogne contre une bosse. Sid conçoit l'alerte, dépose son outil et caresse de sa main l'irrégularité, la tapote avec délicatesse, s'imprègne de sa forme, accordant fièvre et ferveur. Ses doigts devinent, retirent le sable, ne grattent pas, sa main se positionne sur le côté et avec le petit doigt brosse la surface.

Il compte persévérer, s'allouer la lenteur qui convient afin d'extirper l'objet dans l'état où il se trouve, sans prendre de risque. Surtout ne pas augmenter le nombre des éventuelles avaries du temps, qu'il aurait subies. L'impatience et la nervosité des jours de bureau, l'acharnement vers la réussite à tout prix, le gain dans l'immédiat, un temps révolu, une pensée, un souvenir, un instantané pas plus. Sid ne déboulera plus sur une situation comme un damné... on ne l'y reprendra plus.

Tantôt sa main est plate, tantôt son bord se pose en perpendiculaire pour déplacer, effacer la couche de sol. Rien ne s'efface, jamais. Il y a transposition. Ce sol est or, il est or partout. Une terre sainte, de la même sainteté partout. Amalgame de toute une population. Texture de toutes les populations réduites à ces grains de sable, à cette poussière dans le souffle du vent. Conquérants, quels ont été vos gains au juste ?

Plus qu'un voile brun, l'objet transparaît en dessous. Sid reste penché, ne bouge plus, les gouttes de sa sueur humidifient la surface, il relève la tête, craignant une réaction chimique malencontreuse, s'essuie la face avec son t-shirt, appréhende la moiteur de ses mains. Il lui faut un torchon propre, des gants en coton…

« C'est vous, Saïd ? »

Sid n'a d'yeux que pour l'objet alors qu'un djinn lui parle, une femme djinn et la voix à la tonalité d'un baume.

« Ibra m'envoie. Avec la voiture du boulanger. » La voix s'est approchée.

Sid relève la tête, sursaute à la vue de deux grands yeux d'un brun foncé qui le fixent avec intérêt, ou est-ce de la malice ?

« Je viens d'arriver, de la part de l'Institut. Vos compagnons ont averti Ibra qu'ils étaient en ville, et me voilà pour vous ramener. »

Ibra, qui se charge une fois de plus, comme par hasard, de son bien-être. Une coulée d'affection, lave nourricière, comme telle, émerge du fond de la terre, se déverse dans ses vaisseaux, emplit sa poitrine, prend possession de ses esprits. Sid remarque les cheveux ébouriffés de la jeune personne, est prêt à lui signifier de s'en aller au plus vite, le moment étant crucial. Il reste muet face à cette apparition dont le visage est mi-ombre, mi-lumière, emblème et vision, avec l'essence de la douceur pour mythe et dessein, détourne les yeux, son regard cible le sol, ses mains. Elle se tait, pense inutile de préciser, une fois de plus, la raison de sa venue.

Elle prend place à côté de Sid, déplie un grand mouchoir sorti de la poche de son short, murmure un « à nous deux, je suis archéologue » et aide au prélèvement. Elle sait de prime abord qu'il s'agit là de deux objets encastrés ou simplement liés, en place côte à côte. Elle se lève, court en direction de l'abri, revient avec un tissu, un torchon. Il la laisse extirper en premier : un récipient, vase, non une coupe sur un socle, avec deux oreilles, l'une à moitié brisée, en argile, non, pas seulement, argile-verrerie, il y a transparence par endroits et aussi opacité. Sid voudrait tant y lire une inscription !

Le soleil profite de l'impudence des deux personnages, les poursuit de sa folle passion.

Elle laisse Sid se démêler avec le second objet. Il ne s'empresse pas, fait usage du principe de mimétisme. Il y a rondeur, il y a un cou, court, brisé sur le bord, il y a un nez offensé lui aussi, collée de part et d'autre de ce matériau, une couche de terre d'un gris-brun incertain... Un récipient pour contenir de l'eau, un ustensile... une gargoulette vient de sortir du sol pour conter son destin.

C'est dans un murmure que la jeune fille dit que les débris, les morceaux manquants se trouvent avec certitude sur place. Sid a les jambes qui tremblent, il craint de ne pouvoir se mettre debout. Ses bras, ses mains viennent de perdre de leur tonus, il sent un frisson parcourir son échine et il s'en veut, de faiblir face à sa découverte. Il va mettre sa respiration sous contrôle avant de quitter sa place. La jeune femme a enroulé les objets dans les tissus à disposition, avec précaution certes, les gestes sûrs, preuve d'une routine à toute épreuve, tend l'un d'eux à Sid et s'achemine vers l'abri, en disant qu'il est temps de rentrer.

C'est elle qui conduit. Sid s'est installé au fond du véhicule avec les deux objets qu'il tente de protéger contre d'éventuelles secousses. Le véhicule doit son fonctionnement à l'intervention des dieux d'antan, pense-t-il, car du moteur émane un bruit d'enfer alors qu'une fumée s'en échappe, s'entortille dans l'air lourd, Aladin et sa lampe magique ne doivent pas se trouver loin de là, pense-t-il.

« Le condensateur est probablement vide, il manque d'eau », dit Sid qui ne peut s'empêcher d'exprimer son inquiétude.

Il se considérerait comme heureux, si un géant faisait soudain son apparition et prenait le volant.

« Hé, Saïd, nous arriverons à temps, ne craignez rien. »

Sid n'aime pas le sourire moqueur de la jeune femme. D'ailleurs, il ne sait rien d'elle, ignore jusqu'à son nom, sa fonction. Certes, Ibra l'aurait envoyée, justifierait la confiance qu'il a en elle, mais... et s'il s'agissait d'une voleuse d'objets anciens ?

« Pourquoi m'appelez-vous Saïd ? » Depuis le temps où personne ne l'appelle de son vrai nom, voilà que cette compagne, sortie d'il ne sait où, l'affuble d'un autre complémentaire à celui qu'il s'était instinctivement attribué, à son arrivée. « Et vous, comment vous appelez-vous, peut-on le savoir ? » s'enquiert-il.

L'ironie du ton n'échappe pas à la jeune femme : « Moi, cher Saïd, c'est Zeinab, mais... si vous préférez, Zéno ou Hind, tous synonymes, ils évoquent une fleur au parfum suave. Alors que vous, Saïd, vous êtes l'Heureux, mon Sayed. »

Le Sid, Saïd ou Sayed en question, heureux ou malheureux, homme de respect ou pas, qui ne sait plus à quel saint se vouer, face à cette Zéno de Zénobie, n'a qu'un souhait, arriver à bon port et ne pas se retrouver victime d'une bande de trafiquants d'objets de valeur.

« Alors, vous avez dit que c'est bien Ibra qui vous aurait envoyée, pour me sortir des griffes de la canicule. »

Zénab-Hind hausse les épaules pour toute réponse. Elle n'a plus envie de parler, laisse Sid se noyer dans ses doutes.

Personne dans la grande salle alors que Sid cache avec peine son impatience. La réaction d'Ibra face à ses trouvailles lui est importante. Les deux récipients qui s'étouffent dans des chiffons sont déposés sur la table du fond. Sid tend l'oreille, le moindre bruit révélerait la présence du directeur des fouilles. Zeinab a disparu derrière la porte qui s'ouvre sur le corridor des chambres, pressée d'atteindre la sienne. L'attente de Sid s'avère vaine, il décide de se rendre auprès d'Ibra. À peine a-t-il ouvert la porte donnant sur le corridor, qu'il se trouve face à Zeinab, figée en statue d'antan, symbolisant l'atterrement.

« Des plaintes, des… des soupirs, comme des gémissements, là, de la chambre, celle d'Ibra. »

Leurs regards se croisent l'espace d'une seconde, dans un même accord.

On les attend aux urgences, Zeinab a averti. Sid remplit la feuille d'admission, carte d'identité d'Ibra à l'appui, à la question êtes-vous son fils aurait aimé affirmer… confirmer. Même si la connaissance ne s'est effectuée que quelques jours plus tôt, il y a affiliation de cœur, d'esprit, il y a osmose, pense-t-il, tout est là en fonction d'une communion qu'il ne faut surtout pas analyser, encore moins expliquer, de l'universalité, de l'avant, de l'après l'avant, de cette continuité indivisible et invincible du temps. Sid répond qu'il est un parent proche.

Ils sont trois à attendre les résultats des premiers examens. Sid frissonne, ne peut contrôler le tremblement intérieur qui cherche à prendre possession de son corps. Il a froid et il est brûlant. Zeinab, en bonne observatrice, se lève, va quérir une bouteille d'eau. « Il faut boire », dit-elle à Sid, « tout ». Elle ne lui dit pas qu'il est tout rouge et que l'insolation ne va pas l'épargner de la nuit.

Un médecin leur conseille de rentrer chez eux. Ibra aurait échappé de justesse à un infarctus. On vient de lui administrer les soins nécessaires, on le surveillera de près les prochains jours, lui établira un programme à suivre. Sid a la tête lourde, souffre de vertige et de nausée, insiste pour voir Ibra avant de quitter l'hôpital. Ce dernier les remercie du regard en remuant les lèvres.

Pas un mot de tout le trajet. Zeinab a hâte d'être rentrée. Elle freine tout à côté de la porte de la bâtisse, laisse Sid descendre. Le boulanger remarquera que son auto lui est rendue et s'en occupera.

Sid refuse le confort de la chambre d'Ibra, s'entête, se soignera aussi bien dans son coin véranda où, sans plus tarder, il se laisse échouer sur sa couche de fortune. Zeinab se munit de serviettes de bain, d'une cuvette remplie d'eau jusqu'au bord, pose le tout sur le sol et court rapporter de la cuisine deux grands pots de yaourt, et une cuillère à soupe.

Une large compresse d'eau vinaigrée est ajustée sur le front du patient, Zeinab enveloppe les pieds et mollets de Sid dans une serviette gorgée de ce même liquide, qu'elle a à peine essorée. Le jeune homme se plaint, la compresse le gêne, il a froid. Zeinab ne prête aucune attention à ces geignements, lui mouille le reste du visage, l'inonde presque. Elle est en guerre contre une fièvre qui cherche à prendre le dessus. Le drap même est humide, le t-shirt est trempé, moite. La jeune femme soulève le torse de Sid, roule la chemise de bas en haut, tente de libérer une manche, tiraille sur le tissu, ne réussit pas, ne renonce pas. La tête de Sid ballotte d'un côté puis de l'autre, son torse est brûlant au toucher, fait peur à voir. Zeinab vient de lui arracher la chemise, elle ne saurait dire de quelle façon elle s'y est prise et la voilà étalant du yaourt sur le corps de son compagnon. Les bras en premier, afin aussi de ne plus devoir regarder la couleur, le cou, la poitrine et puis allez tout le visage avec en plus la compresse bien ajustée sur le front. Et au tour des jambes. Et voilà la momie yaourtienne, sortie des confins de la terre.

Et à la grâce de Dieu ! Si le cas s'aggrave, il faudra s'assurer de la bienveillance du boulanger et de la bonne volonté de son véhicule, en attendant le retour de la jeep.

Sid se relève. Il cherche son portable, veut téléphoner à sa mère, insiste. Il se souvient n'avoir pas chargé son appareil, se laisse gagner par la nervosité. Zeinab se dépêche vers sa chambre, rapporte son portable à elle, le tend à Sid, qui semble mécontent. Dans la grande salle où elle charge l'appareil à travers une prise, elle tombe nez à nez avec Mariam, la nièce d'Ibra. Les deux jeunes femmes échangent leurs propos, après quoi la nièce quitte la maison, se rend à l'hôpital pour être auprès de son oncle.

Sid semble dormir. Le calme veut bien siéger un instant. Zeinab, roulée en boule à même le sol, s'est assoupie. Des voix, aussi un air connu que quelqu'un siffle, celui « Des pêcheurs de perles », les archéologues sont de retour. Zeinab se lève avec effort, les articulations raidies, membres et musculature ankylosés. Elle traverse le jardin, se rend à la grande salle. Les voilà tous briefés, informés. Le travail terminé, ils iront le lendemain visiter Ibra. Chacun rejoint sa chambre, la loyauté en éveil, les pensées s'entrelacent dans la nuit, l'empathie est en route, traverse les nuées.

IV

Son esprit tente de rassembler les éléments se rapportant à son état. Sid peine à garder les yeux ouverts tant ils picotent et brûlent et sa peau donc qui lui fait mal, tendue, non irriguée, plus aride qu'une terre désertique. Sa gorge est sèche, déglutir est un supplice, et puis là, auprès de lui, il y a cette masse roulée en boule, avec une tignasse de sauvage. Ses pensées se mettent en place, s'ordonnent. Les trouvailles, la chaleur, cette certaine Zeinab qui ne semble même pas connaître son propre prénom, Ibra à l'hôpital. Ibra qu'il lui faut tout de suite visiter, avant le départ imminent et définitif qu'il ne peut reculer plus longtemps. Les jeux sont faits. D'ailleurs, les jeux semblaient avoir été faits dès la minute où il mit les pieds dans ce bled de nulle part, avant aussi peut-être. Il bouge les bras, les jambes, s'appuie sur ses coudes, soulève le torse, la masse vient de pousser un grognement, la tête enfouie sous le casque de sa chevelure prend forme, le visage éclipsé dans l'ombre des mèches que la jeune femme aura du mal à lisser, retrouve ses traits, son expression.

    Sid est debout sur des jambes qui flageolent. Il n'aime pas l'odeur qui émane de son corps, de sa peau à l'enduit de yaourt craquelé. Il regarde du côté de Zeinab, l'auteur des soins au lait caillé à la cuillère, qui se déplie avant d'arquer les genoux et d'un bond se retrouve sur ses pieds. Elle réprime un bâillement, s'informe quant à l'état de santé de Sid, qui s'empresse de la rassurer. Il ne tient pas à lui servir de cobaye une deuxième fois, bien qu'il soit sous les griffes d'une soif dont l'intensité semble vouloir l'enfoncer jusqu'aux confins du désespoir, d'un manque total d'énergie dont la cause pourrait bien être la déshydratation.

Une seule lampe éclaire un des coins de la salle, le plus éloigné des portes-fenêtres, alors que, d'habitude, toutes les lampes viennent à la rescousse de la timidité de l'aube. Le va-et-vient des archéologues se fait dans le silence ce matin. Seules quelques bribes étouffées, directives de Mariam, concernant les collations à emporter leur parviennent.

« Je les rejoindrai à bicyclette, dit Zeinab, je vais les prévenir et reviens avec une boisson et un fortifiant qui te remettront d'aplomb. »

Même en victime, soumis au flegme passager de la fatigue, Sid est aux prises avec une nervosité qu'il a du mal à maîtriser. Il doit une explication à Ibra, tout de suite, à cette minute même, il ne peut ni ne veut reculer l'échéance, deux mots, deux phrases et prendre congé. Il se fera conduire à l'hôpital par un taxi.

« Mon portable, Zei... Zé, s'il te plaît. »

Elle acquiesce, lui sourit, traverse la cour. Les archéologues partis dans la jeep, Mariam informe qu'elle mettra de l'ordre dans la maison puis se rendra à l'hôpital prendre des nouvelles de son oncle, sera de retour pour le dîner.

Zeinab lave cinq citrons à grande eau, les découpe en petits morceaux, écorces incluses, leur ajoute deux cuillères à soupe de sucre, mélange le tout avec vigueur, couvre le bol avec une passoire qu'elle trouve dans l'anti- chambre, laisse macérer. Sid, pense-t-elle, saura dans deux heures essorer le mélange, verser un peu de ce concentré dans un verre, y ajouter de l'eau et savourer la boisson plusieurs fois par jour. Pour l'instant, elle prépare une limonade genre classique, apprête quelques sandwiches, pose un pot de yaourt sur le plateau, porte le tout à Sid, qu'elle trouve vêtu de frais, prêt à la rejoindre. Sa toilette matinale lui aurait coûté quelques efforts. Pour venir à bout de la couche de « calcium », la peau fut sujette à la douleur, Sid répète « calcium », regarde Zeinab droit dans les yeux, un sourire au coin des lèvres.

« À toi le portable, chargé », dit-elle.

Elle repassera par ce coin véranda avant son départ pour le site archéologique, assure-t-elle. Sid décline cette prise en charge, mais ne dit pas à quel point il aurait aimé se retrouver pour la dernière fois assis au bord de la fosse, sa fosse du rectangle du site, piochant, caressant le sol, la terre, dégageant, délogeant peut-être un indice manquant, dans la gravité d'un engagement tout autre, supérieur à celui qui l'a précédé. Zeinab devine ce regard chargé d'un souhait qu'il vaut mieux ignorer. Sid est certes une énigme pour elle. À moitié. L'Institut l'avait déjà informée de l'éventuelle irrégularité, aussi preuves à l'appui, les gestes incertains qui trahirent le jeune homme face à ses trouvailles.

Sid l'informe qu'il compte quitter les lieux dans la matinée, qu'il ne manquera pas de passer voir Ibra pour lui faire ses adieux.

« En fait, je ne faisais que passer par là, dit-il pour qui voudrait bien l'écouter, c'est pour l'eau, la soif...

— Attends mon retour du site, dit la jeune femme, je ne serai pas longue aujourd'hui, nous nous rendrons ensemble à l'hôpital, tu veux bien ? »

Sid se sait conciliant de nature, pourtant, là, il a du mal à accéder à une suggestion qui le contrarie. Zeinab pose la main sur son épaule, son regard plonge dans des yeux qui ne se détournent pas. C'est sans effort que le jeune homme accepte la proposition. Il ne s'agit pas de fatigue seulement.

Il se réveille deux à trois heures plus tard, s'étonne de ce sommeil qui l'aurait pris au dépourvu. La première chaleur du jour, bien qu'encore tout imbue de douceur, la luminosité même de cette tiédeur semblent vouloir l'indisposer. Incapable d'affronter le moindre rayon de soleil, la plus humble ou confuse des réverbérations, il plie bagage, traverse la cour et pénètre dans la pénombre de la salle. À peine installé sur deux chaises en vis-à-vis, le corps dans un semblant de repos, essayant par tous les moyens de s'octroyer un meilleur confort, que Mariam fait irruption dans la pièce. Elle dit craindre le pire pour son oncle, malgré l'assurance du contraire côté médical. Elle s'apprête à partir pour l'hôpital, regarde du côté du sac à dos chargé du sac de couchage que Sid vient de déposer sur le sol.

« Vous partez. C'est donc ainsi. »

Sid perçoit dans le ton neutre de ce raisonnement, de cette logique en ligne droite, qui certes ne fait pas mention des circonstances douteuses en rapport avec sa présence dans ce lieu, mais les suggèrent, les sous-entend, un soupçon de regret. Alors, il répète cette phrase qui semble être devenue une rengaine, la sienne ; il n'avait fait que passer, c'était la soif…

« Je sais, fait Mariam, les gourdes que vous vouliez remplir. Je suis motorisée, je peux vous conduire jusqu'en ville », poursuit-elle.

Il aurait presque préféré la femme suspicieuse des jours précédents, sa hargne.

« Mon départ est fixé pour l'après-midi, si vous n'y voyez aucun inconvénient. » Sid ne réagit pas au geste que fait la jeune femme pour lui signifier que l'horaire choisi n'importe pas.

« J'aimerais vous régler les frais pour les trois jours de mon séjour », dit Sid content d'avoir récupéré ses esprits à temps, de pouvoir enfin redresser une situation qui fut pour le moins ambiguë.

L'Institut prenait en charge ce refuge certaines saisons, à lui de s'acquitter de sa dette.

D'un hochement de tête, le reproche plein le regard, Mariam écarte la proposition de Sid, s'approche de lui,

lui tend la main qu'il serre en silence. Elle l'invite à aller se reposer dans la chambre d'Ibra, qu'elle vient de ranger, informe aussi que la porte d'entrée de la bâtisse ne sera pas fermée à clef.

V

Il veut se lever, quitter l'hôpital, voir ce qui se passe au site, prendre connaissance de ce qui se dit. Sur son lit, Ibra perd patience. S'il tardait, il ne reverrait plus le jeune homme en question, ce Sid que lui-même avait intégré à l'équipe, par mégarde. Il devrait lui en vouloir, d'avoir profité de sa naïveté, de sa déduction simpliste des faits... il devrait, mais il sait qu'il y a une raison à toute chose et puis, d'ailleurs, quel mal y aurait-il à avoir accédé d'emblée et en toute honnêteté à une offre, à une situation qui se présente soudain à soi ? La veille, ce même Sid avait eu beaucoup d'égard envers lui, son inquiétude était sincère. Ibra n'est pas du genre à négliger, encore moins à ignorer pareils sentiments, gestes et expressions de sollicitude. De même, il n'oubliera jamais le dévouement, la passion même que Sid porta à ce travail de fouilles. Quelles qu'en soient les raisons, il y eut authenticité à la base, point de départ, source et origine.

Il souhaite quitter cette chambre d'hôpital, sans plus tarder. Avec précaution, il tourne sur lui-même, se lève. Un léger vertige le force à se rasseoir. Il est en sueur. Il ne comprend pas trop cette faiblesse des membres qui l'assaille, tente de vaincre l'angoisse qui l'étreint soudain.

Une deuxième tentative échoue, il se remet au lit, se

voue aux saints de son ère pour se rallier tout aussitôt aux dieux d'antan, ferme les yeux. Mariam arrive, l'encourage, le rassure : chaque membre de l'équipe est à son poste, ils viendront tous le visiter en fin de journée, ledit Sid quitte les lieux pour de bon. Justement, ce fait contrarie le patient. Il est des rencontres, à l'insu de soi peut-être, qui compterait plus que d'autres, que l'on aimerait prolonger, ne pas délaisser de sitôt, à l'intention desquelles on conterait mille et une merveilles, révélerait le miracle de notre être... au lieu de permettre à la dérive de prendre le dessus.

« Oncle, vous souffrez, vous avez mal... ? »

Ibra fait non de la tête, un sourire tente d'aplanir les rides de sa peine. Après tout, il était venu instinctivement au secours de Sid, lui avait offert protection sans en être conscient. Il serait intervenu dans sa vie à un moment propice peut-être, et ce fut bien comme cela et voilà tout. Une rengaine, celle de tous les jours, qui arrive à point nommé, un hasard dont on ne connaîtra ni les raisons ni ce qui s'ensuivra. Le jeune homme s'en va.

Zeinab-Hind-l'ébouriffée pédale sous le soleil. Elle vient de quitter le site, un peu avant l'heure, après avoir travaillé de toute la force de son corps, de toute l'essence de son esprit. Elle sait que le lendemain, à l'endroit qui lui est attribué, là où Sid avait œuvré, et elle-même en ce jour, elle aurait a priori touché le fond, le noyau révélateur, base sur laquelle les espoirs se misent, justement quelques jours avant l'arrivée des spécialistes.

La fraîcheur de la salle principale de la bâtisse l'accueille. L'obscurité première, suite à la sensation d'aveuglement due à la prodigalité solaire, l'empêche de remarquer les bagages de Sid au sol. Elle va à sa recherche, remettant à plus tard la douche qu'il lui faut prendre illico. Aucune trace de ce compagnon de la nuit. Il aurait quitté les lieux, malgré les arguments et l'offre qu'elle lui avait proposés. Elle se serait trompée à son sujet, voilà tout. Elle aurait aimé... quoi ? Elle laisse l'eau ruisseler sur son corps, se frotte la peau avec fermeté, enlève, arrache les traces de l'amitié qu'elle avait laissée naître entre eux, dont elle avait permis la naissance, la tendresse qui a voulu s'octroyer un droit. Elle traverse la salle pour gagner sa chambre, fortuitement, son regard se pose sur le sac à dos de Sid. Elle s'en approche, l'examine de près, se dirige en courant vers le corridor des chambres, ouvre une à une chaque porte. Sid est affalé en travers le lit d'Ibra, son sommeil comme issu d'une sphère lointaine, une appartenance difficile à cerner.

Zeinab-l'ébouriffée a laissé la porte de sa chambre entrouverte, elle ne veut pas manquer le réveil de Sid. Un peu plus d'une heure plus tard, les membres de l'équipe sont de retour eux aussi, leur agitation ne vient pas à bout du sommeil de Sid. Grand temps de le secouer, de lui enjoindre de sortir de sa torpeur.

Lente est la démarche de Sid qui, la tête lourde, les membres comme endoloris, se penche pour prendre son bagage. Zeinab déconseille. Une nuit de plus dans ce gîte rendrait ses forces au jeune homme pour le voyage en vue. Ses joues sont en feu, il se rafraîchit le visage à grande eau, les cheveux, le crâne dans son entité subissent le même traitement.

Zeinab est au volant, prend la route de l'hôpital.

Mariam s'éclipse, laisse le champ libre aux deux visiteurs. Zeinab expose en quelques phrases la situation sur le site, Ibra serait fier du travail accompli. Le patient sourit, aborde sans plus attendre le sujet du départ de Sid.

« Vous rentrez donc chez vous. »

Une affirmation qu'Ibra prolonge sans avoir spécifié l'interrogation.

Sid chercherait surtout à parler de gratitude, à exprimer sa reconnaissance d'avoir été accueilli le plus naturellement du monde, d'avoir été témoin d'une marque de confiance inconditionnelle, d'avoir connu la fascination de ce travail de déchiffrage du passé. Ibra, lui, tenterait de mieux connaître le jeune intrus, ses anticipations, les raisons de son itinéraire pour le moins aberrant qui l'ont conduit jusqu'au site.

Le jeune homme tend une feuille de papier à Ibra. Il vient d'y inscrire ses coordonnées. Son nom. Il s'enquiert si Ibra lui permettrait de prendre de ses nouvelles de temps à autre. Zeinab se réjouit de retrouver l'expression de sérénité sur les traits du patient.

« C'est maintenant que je vais vers l'inconnu », dit Sid.

Il dit en deux mots qu'il avait tout quitté, travail et épouse.

Ibra l'assure de son désir d'apprendre sous quel angle la situation se présentera, pour le jeune homme.

VI

Zeinab et Sid se retrouvent seuls au dîner. Les archéologues et Mariam restent en ville. Aucun souffle d'air dans la salle, pas la moindre brise. Toutes les portes sont ouvertes, rien ne bouge, ne remue, ni le rideau du côté du comptoir ni les bords de la nappe. Le soir est là, il fait déjà nuit. Du dehors, même pas le miaulement d'un chat. Face à face et leurs regards ne se croisent pas. Les mains vont d'un plat à leurs assiettes, à tour de rôle. L'attente de l'autre. L'accord. Aucun mot ne traverse leurs lèvres. Nul son. Aucun écho. Le langage naît de son silence. L'esprit semble se dispenser de tout travail. Le cœur bat peut-être, muet. La minute et la suivante. Il y a le temps, sa présence, une plus-value. Ils l'étreignent, le sacrent. Un présent non enfoui qui ne disparaîtra pas, un passé le lendemain, qui veillera de ses confins.

Zeinab gagne sa chambre. Sid décide de retrouver son coin véranda, défait son sac de couchage. La solitude, élément indispensable.

Les archéologues et Mariam arrivent, s'agitent une bonne demi-heure avant le couvre-feu habituel. La nuit apprivoise chaque minute, l'embellit dans les songes de Sid, l'enrichit dans ceux de Zeinab. Le sommeil est général, un cantonnement de rêve.

À une heure du matin, Zeinab se réveille, quitte son lit, se dirige vers l'antichambre pour prendre un verre d'eau.

Elle n'a pas allumé, devine l'emplacement des choses. La porte-fenêtre est ouverte, c'est à tâtons, avec grande précaution, qu'elle agit, ne désirant pas déranger le sommeil dont Sid, dans ce coin de la cour, a besoin. Munie de son verre, en direction de sa chambre, elle croit remarquer la silhouette de dos de Sid, tête levée vers le ciel, s'en assure après avoir fixé longuement le personnage du regard.

Elle passe le seuil de la porte, sort dans la cour. Sid vient de se retourner, se tient immobile. Zeinab ne bouge pas de là où elle se trouve. Sid va vers sa couche, s'y assoit. Zeinab le rejoint, d'un geste de la main, il lui offre de prendre place sur la partie la plus étoffée. Mots et phrases onduleraient dans la nuit, perturberaient l'étoffe satinée de l'obscurité, qui dans ses replis se répand, se déverse dans les recoins, recouvre toute répartition.

Aucune parole ne pourrait reprendre les éléments du silence, aucun geste ne pourrait exprimer l'affiliation. Tous deux regardent les étoiles, suivent leurs configurations, se posent de leurs propres ailes sur l'une d'elles, se séparent, chacun choisissant son parcours. Se rejoignent. Sid alors lui explique ses rêves, prend les astres à témoin, elle raconte les siens, direction la Voie lactée. Leurs visages se touchent, leurs mains se sont unies.

Leurs chevelures lisse ou bouclée s'entremêlent. La nuit éclaire leur âme, son faisceau caresse leurs fronts, inspire leurs sentiments, cap sur l'univers. Les astres les éclairent par les étincelles de leur voyance, la luminosité de leurs termes. Ils se retrouvent au centre du temps des temps, passé comme présent, saluent ensemble cette première aube. « C'est ici que je dors le mieux », dit Zeinab en quittant sa couche.

Sid doit rentrer chez lui, quitter cette province, retrouver la ville. Il avertira Théa de son arrivée, il sonnera à la porte de ce qui fut son appartement, le leur, n'utilisera pas sa clef. Il n'est plus chez lui.

Zeinab et lui sont debout, s'immergent dans un même regard. Il lui tend la main et, avec un retour aux choses concrètes, se présente :

« Pablo est mon nom. »

Elle sourit en retour, s'éclipse.

Elle quitte la bâtisse avec les archéologues, en jeep. Elle compte revenir en vitesse au moment de la première pause, conduira Sid jusqu'à la station de transport public.

Sid a déjà parcouru plus de cinquante mètres dans l'air du matin. Il est presque neuf heures, et Zeinab freine dans la cour. Elle sort de la voiture, retire un ballot du siège à l'arrière, le tient contre sa poitrine. Contournant le véhicule, son regard s'est risqué un instant, devant elle. Elle l'abaisse tout aussitôt vers son précieux colis, puis le lève et fixe le point d'ombre, au loin, qui se déplace et qu'un premier tournant aura tôt fait de dissimuler.

Face à face

La Réponse

L'index prêt à toucher le bouton. Le vernis mauve de l'ongle irradie le blues. L'ascenseur tiendra sa promesse, descente-arrêt-ascension, ce matin comme à chaque fois, pourrait livrer au cours de ce bref transport l'indice d'une certitude. Véhicule et meneur d'individus aux étages désirés, connu pour la quasi-infaillibilité de sa fonction, un millier de sans fautes à longueur de journée, de par son chargement de matière grise à tous niveaux, il subviendrait bien à l'éclosion d'une idée. Blanc cassé le bouton, qu'employés tous cadres confondus, commis, secrétaires, directeurs ou patrons, de trois différentes compagnies étalées sur six étages, tâtent à longueur de journée et selon l'humeur. Effleurement subtil, qui communique sans équivoque, une gestion indulgente de la journée, pression dont l'insistance préconise déjà l'animosité.

Un trait noir encercle le blanc cassé du bouton ou n'est-ce que du métal couleur d'acier ? Elle a refermé la main, l'a descendue du côté de la hanche. Seule à attendre l'ascenseur. Pour une fois. Dans dix, quinze minutes, il y aura foule, devant les quatre lifts en service. Une semaine plus tôt, jour pour jour, elle avait été en retard comme de coutume, à une réunion du comité à laquelle elle avait été conviée, exceptionnellement, à titre de responsable majeure, conseillère dans la fonction de redressement de l'humeur des employés de cette entreprise familiale d'antan, acquise en partie, depuis peu, par qui on surnomme première puissance à l'échelle mondiale. Redonner de l'aplomb, car on le perd celui-là et de plus en plus, tâche non négligeable. Elle, Caroline, c'est être à l'écoute du doute. Doute de soi, de sa propre capacité. Ce matin, c'est la promesse tenue d'arriver avant l'heure.

Le propos du comité s'était orienté vers sa promotion à elle. On l'invitait à investir matériellement, à s'investir plus que d'habitude, à faire tout carrément partie du comité, et ce à partir de la nouvelle année. Ses compétences dans le domaine des relations et ressources humaines, un atout. Manière d'être, expression orale, réflexions et jugements, des éléments à jauger, tant au sein même de la firme qu'en rapport avec la concurrence. Décrypter à temps les intentions muettes, et de là cibler le bon choix, épargnerait à la firme bien des désavantages.

Ce bouton sur lequel elle va appuyer afin qu'il l'emmène quatre étages plus haut devrait assumer la responsabilité du transport de son accord, sourire compris, en biais ou bien centré, large avec quelques rides, plissement côté coin des lèvres, ou mince comme un pincement, un étouffement.

Un non, lui, impliquerait un incontournable regret. C'est non pour l'offre. Vous m'honorez, vous me flattez, mais moi... ce n'est pas un « oui, j'accepte de gaieté de cœur »... Est-ce vraiment un non complet, comme petit-déjeuner complet-bonheur, café complet-joie ? Quitter tout, de but en blanc, là où l'habitude a ancré ses contours, où les règles de la communication ont pris forme ? Et puis le changement qu'elle entrevoit depuis pas plus tard que la veille, cet ailleurs qu'elle anticipe soudain, une offre insoupçonnée, quelles seront ses lois au juste, ses revendications ? Et Alain lui, Alain de toujours, fils du patron, son fiancé... ?

Il faut qu'il se décide le bouton, qu'il agisse, montre la voie, s'entende avec la cage blindée, tout encerclé de son filet noir, touche de raffinement, et elle n'ose encore y poser l'index pour la convocation. L'ascenseur est au quatrième étage. C'est l'attente en ce matin de gloire et de désastre. Elle est arrivée pour une fois avant l'heure pour prendre le temps de mesurer ses avis, les changer trois à quatre fois. Le doute lui tient compagnie, alors qu'elle réussit à le dissiper chez autrui. Son choix propre, le bon, le meilleur, l'assurance, la confiance en soi... reconnaître à temps, réagir, prévoir. Une bonne fée serait-elle par hasard de passage dans ce hall d'entrée, une conseillère, une collègue coach... ? Il y aura précipitation tantôt, vers les marches de l'escalier aussi. L'encombrement total cinq minutes avant les neuf heures.

Elle, c'est aujourd'hui quinze minutes avant le temps. C'est que le jour précédent, à la fin de son séjour en province où elle s'était rendue pour trois jours chez Marie, une amie d'enfance et de jeunesse qui réclamait sa présence, en sa fin de vie prématurée, elle avait rencontré un collègue du temps de ses jeunes années. Philippe, l'éternel boute-en-train, que ses camarades ne prirent jamais au sérieux et elle encore moins que les autres. Il leur assurait chaque jour et par deux fois, lorsque la note qu'un des professeurs lui attribuait était sous la moyenne, que cela n'avait pas la moindre importance, car lui, tout cancre qu'il était, serait multimillionnaire déjà à l'âge de vingt-cinq ans. Aussi surprenant que cela puisse sembler, il s'était seulement trompé de quinze ans. Tout à leur tristesse face à l'inévitable issue qui attendait leur amie, ils marchèrent longtemps dans la nuit, le long de la forêt, dans un sentier dont ils revisitèrent les embûches, retrouvèrent les espaces nivelés.

L'ascenseur est au beau fixe au quatrième, le hall dans la précarité du calme de l'heure de pointe, le bouton dans l'éclat de sa propreté. Au quatrième étage, dans le bureau qui donne sur le boulevard où un chassé-croisé de tramways se dispute les rails, le patron de Messagerie-gex du pays s'installe dans son fauteuil face à sa table de travail et se frotte le front.

« Nous avons voulu l'expansion, nous intégrer à plus puissant, ce fut à notre détriment. J'ai vu grand, trop grand, j'y ai cru. Il nous faut fusionner à nouveau, consentir, puisque l'offre s'est faite toute seule. Acceptons-la. Faisons confiance à notre concurrent et à l'avenir. Qu'en penses-tu, fils ? »

Alain ne réagit pas.

« Ce n'est pas ce que j'ai voulu pour toi... mais tu garderas ta fonction au sein de cette nouvelle configuration, en partage certes, différemment hum hum... Quant à Caroline, il faudra l'avertir, lui expliquer que l'offre qui lui a été faite il y a à peine une semaine n'est plus valable.

— Certes », dit Alain, sans avoir eu à desserrer les dents.

Le patron père tente un sourire.

« Puisque vous deux, c'est le mariage pour bientôt, cette méprise ne devrait pas entrer en ligne de compte pour Caroline. Promotion ou pas, aucune importance dans cet état de choses. Pour ta fiancée, l'essentiel a toujours été vos relations propres. Vous avez décidé de les légitimer dans deux mois, cela reste la priorité. »

En principe, de là où elle se trouve, au pied de tous les étages, Caroline aurait toutes les raisons de bondir de joie, comme du temps où Marie et elle jouaient à la marelle. Souci, inquiétude, déposés dans l'enveloppe magnanime de l'avenir qui, lui, les attendait muni de sa corne d'abondance en amitié, amour, profession. Et pourtant, en ce jour, il y a Marie dans l'absolu de son adieu. La joie, celle qui fait bondir, il faudra que Caroline aille très loin pour la quérir.

La veille de leur départ de chez Marie, Philippe a tenu à divulguer les étapes de son parcours professionnel. Il raconta surtout ses échecs, malgré les efforts continus, la chance qui à chaque fois prit le dessus et sa réussite, puisqu'il a accédé au but qu'il s'était promis dès l'âge de dix-sept ans. Caroline avait alors éclaté de rire. Elle lui assura qu'aucun de ses camarades n'aurait pu oublier ses déclarations, l'excellence de sa confiance. Elle le félicita pour son succès, dit à quel point elle s'en réjouissait.

Il avait besoin d'être assisté par une personne en qui il aurait entièrement confiance, avait-il expliqué. Aux niveaux technologique et administratif, il était encadré par des personnes de haute compétence. Il ne saurait dire si l'honnêteté de base, l'engagement à toute épreuve, envers lui le patron et la firme étaient réellement assurés, sécurisés, il en doutait parfois, des réactions contraires à ses principes interféraient dans des rapports présumés solidaires. Au petit matin, avant leur départ pour la ville, Philippe vint à proposer à Caroline le poste de coach au sein de sa firme, Standard-ex, dont plusieurs filiales de par le monde, chacune gérant un plan d'action en rapport à des programmes de sécurité de tout ordre. Des voyages en perspective l'attendraient, des déplacements, des rencontres, la nouveauté en rotation perpétuelle, l'ennui, un facteur inconnu.

Caroline pointe l'index vers le bouton, la convocation de la cage devenant imminente.

Alain se déplace avec lenteur, en long et en large dans le bureau de son père. Ce dernier consulte un document, le tend à son fils, qui par un geste de la main, refuse de le prendre.

« Je dois te dire que, quant à Caroline et moi, notre mariage, euh… je me trouve dans l'incapacité de concevoir cette union avec sérieux. Aujourd'hui. Au présent. Vois-tu, les choses ont changé. Un autre souhait, une autre réalité, vision si tu veux, s'imposent. »

Il évite de regarder son père. Il connaît trop bien ces yeux qui savent fixer le locuteur à travers leur overdose d'inquiétude et d'une manière si entière, qu'on se croirait à une seconde près du déclenchement d'une attaque nucléaire, et ces sourcils encore bien fournis et non teints qui suivent un trajet familier sur la surface du front. Il devance les arguments du paternel.

« Oui, je sais, Caroline et moi, c'est une histoire de sept ans et plus. Peut-être est-ce aussi pour cette raison. La femme idéale, j'en conviens, mais peut-être, pas pour moi, plus pour moi aujourd'hui… »

Le père ouvre la bouche, Alain ne lui octroie pas le privilège du son.

« Tu vas me dire qu'en ton temps c'était ça et on construisait là-dessus avec tout ce que cela comportait d'ambiguïté et de cachotterie. »

Alain ne reprend pas son souffle, il y aura fusion de leur firme, il y aura aussi rupture de fiançailles.

« J'ai rencontré une femme et je peux t'assurer qu'elle m'intéresse au plus haut point. Elle, eh bien oui elle, je serai prêt à l'épouser. »

Le père connu pour son maintien physique bien droit a les épaules qui s'affaissent, le torse qui se plie en deux.

« Père, je te la présenterai, tu l'aimeras, l'apprécieras, fais-moi confiance. »

Après une courte pause, il ajoute qu'il parlera à Caroline, elle comprendra, il saura régler la question à l'amiable.

Le père lui rappelle que cet engagement à vie ne peut être traité avec désinvolture et des arguments terre à terre, semblables à un règlement de comptes entre deux firmes. Il ne se gêne pas pour exprimer sa déception. Alain alors s'étend sur la description du visage de sa dulcinée, le père s'engage dans une plaidoirie en faveur de Caroline, poursuit sur les sûrs méfaits d'une séduction provisoire, s'interrompt au beau milieu de son discours, sursaute...

Caroline est décidée. Il ne faudra à l'ascenseur que deux minutes pour atterrir auprès d'elle et l'embarquer. Alain et elle... ? Le squash pour Alain les mercredis, musculation les midis, deux, trois fois la semaine, du vélo avec elle le dimanche, le journal télévisé à huit heures. On dit que dans la vie la seule constante est le changement... oui, mais, jusque-là, c'est le squash le mercredi et tout ce qui s'ensuit le reste de la semaine. Donc, à elle l'ascenseur et la métamorphose.

Et puis après tout... qui est-elle au juste pour se préoccuper à ce point de ce que la vie lui réserve, de sa petite personne ? L'importance de son existence sur Terre... ? Moins que rien, tout le monde s'en fout et elle de même ! Telle une fourmi, qui passe son chemin, qu'une main, un talon écrase ou pas, elle pourrait quitter cette firme familiale et fragmentée, quitter Alain du jour au lendemain, qu'est-ce que cela changerait sur Terre ? Personne ne s'en apercevrait, certains s'en réjouiraient même. Dans ce monde où tout crie, hurle, se bouscule, tout meurt, ou tout le charabia féru de mensonges est glorifié, une décision concernant sa vie, son emploi, un pur non-sens.

Semelles et talons glissent et cognent le marbre du sol, il y a précipitation vers les marches du grand escalier en pente sur le hall d'entrée, aussi en direction des lifts alignés par paires, sur deux murs en angle droit. Caroline vient de presser le bouton, trépigne mécontente. Déjà encerclée par la gent du matin, elle ne pourra être seule passagère de l'ascenseur, la première à en sortir là-haut. Il faut à tout prix qu'elle parle au patron père et au fils qui, elle le sait, se retrouvent les lundis au bureau, une demi-heure de temps avant l'arrivée des employés. Elle se fait grief d'avoir prolongé son attente dans l'entrée, ne se retourne pas pour répondre aux saluts matinaux de ceux qui l'entourent.

Une voix sortie d'on ne sait où rugit une quelconque consigne. Son impact est fort, puisqu'en l'espace de deux secondes, Caroline se retrouve seule face à la porte métallique du lift qui entreprend son processus d'ouverture. La voix dans un appel qui se veut calme se répète et le ton est ferme. D'ailleurs, personne ne serait en mesure de lui répondre. Elle parle d'évacuation immédiate, mentionne un détail en rapport avec les lifts, Caroline ne fait pas le lien entre sa personne et le fonctionnement de l'ascenseur. Il est là, prêt à faire la navette, elle est face à lui, désireuse d'atteindre le quatrième étage.

La voilà bien abritée dans la cage et à une main de fer de l'en arracher. Elle pousse un cri, a mal au bras. Un homme qu'elle reconnaît être de la sécurité vient de la pousser hors de la cage : « On évacue les lieux, quittez l'immeuble de suite. Sortez. »

En ce matin, Caroline semble favoriser le surplace. Elle ne bouge pas, fixe avec mécontentement l'agent qui attrape son coude, la force à avancer de quelques pas. Il hèle un jeune collègue : « Raymond, charge-toi de la dame, accompagne-la dehors ! »

L'appel à travers les haut-parleurs se précise, somme de quitter les lieux de suite, un rentrez chez vous catégorique l'accompagne. Caroline tourne la tête de tous côtés, peut-être apercevra-t-elle le patron-père, Alain ? Rien n'est encore perdu en cette étrange matinée. Le jeune agent la traîne vers la sortie : « Madame, il y a alerte à la bombe, nous évacuons les lieux, restez calme, ne vous agitez pas, ne craignez rien, je vous aide à quitter l'immeuble.

— Vous, dit Caroline, index levé dans une menace, je ne vous ai rien demandé. »

La Réplique

Plus aucun témoin.

Elle ne terminera pas son café. Il lui faut encore laver la tasse, elle n'aime pas laisser traîner des objets derrière elle, avec traces d'utilisation lorsqu'elle quitte son appartement. Peut-être que, pour une fois, la tasse restera dans ses empreintes brunâtres.

Aucun témoin de sa vie.

Tous partis, plus personne qui pourrait confirmer ne serait-ce qu'une instance de son existence. Depuis un mois, jour pour jour, deux phrases qui la rejoignent, l'accompagnent, dont elle vit le souffle.

Plus personne pour évoquer son passé.

Elle, qui de tout temps, dans le cadre de son activité professionnelle, avait parfois souhaité s'isoler rien qu'un moment, se retrancher rien qu'un instant, à distance physique et mentale de ses multiples témoins du quotidien, bruyants ou même silencieux, en vie ou quand bien même décédés.

Rien à ajouter dans le sac de voyage qui attend dans l'entrée. La tasse de café… n'a qu'à suer dans ses émanations. Pour une fois, l'ordre aseptisé ne sera pas. Ah ! Le café ! Elle en buvait à l'hôpital, plus de trois au quotidien, servi par une infirmière. « Allez, docteur, une petite pause avant le prochain patient. » Et au breuvage de fumer sous ses yeux. Sitôt ce dernier avalé, la tasse et le crémier étaient débarrassés, la voie libre pour la reprise des consultations.

Elle quitte la cuisine... revient pour laver la tasse, la range dans le placard.

Et voilà ! Amplement, largement seule. Depuis... depuis le lendemain de sa retraite. Elle savait avoir toujours eu un faible pour les ermites de tous les temps, s'était penchée sur la vie des plus illustres d'entre eux, une passion comme une autre. Retrait pour retrait, elle va suivre leurs exemples, à peu près. Elle s'en va. Dans un adieu à l'intention d'aucune personne.

Quand on s'en va pour de bon, qu'on fait tout juste un aller, le dernier, et pour cause, se dit-elle, on passe le seuil de sa porte et on ne regarde pas en arrière. Elle penserait à laisser la clef dans la serrure, côté extérieur, entre qui veut dans son appartement, le sien, l'unique achat qu'elle eût jamais effectué. Qu'importe vu l'état actuel de sa santé ! Un quatre-pièces dans une maison à deux étages, bâtie il y a quarante ans. Le propriétaire du rez-de-chaussée est décédé depuis voilà six mois, son avocat est à la recherche d'un neveu, seul héritier en l'occurrence, connu pour ses mésaventures.

Dans son cas à elle, il sera inutile de faire des recherches. C'est sa décision et basta ! Dans un an à partir de ce jour de septembre, à moins qu'elle ne se manifeste, son avocat disposera de son appartement et de la modeste somme à la banque, comme il l'entend. Cela voudra dire qu'il appréciera de se les approprier. Grand bien lui fasse, pense-t-elle. La chance se doit de sourire à quelques bienheureux. Pourquoi pas à l'avocat, un élu du hasard ?

... Deux babioles, quelques livres et vêtements, un minimum de provisions et surtout l'envie de disparaître pour toujours, de se volatiliser pour de bon, est le bagage, qui s'engouffre dans la vielle Mini Minor orange.

... Un boulevard en ligne droite, trois tournants, les bâtiments de l'hôpital qu'elle longe, ne regarde pas, qu'elle ignore, et la sortie hors de la petite ville. Toute une vie. Un emploi du temps aux horaires et heures qu'on ne précise ni ne compte. Rien à côté. Si. Les bonjours docteur, les bonnes soirées Claire, bonnes nuits, les courses de vitesse au long des couloirs, les appels à l'aide, les auscultations, l'urgence, les décisions, discussions et échanges professionnels. Les cas. La sueur, l'haleine, le sang. Tous les dossiers. Écriture main. Repris par de jeunes collègues, éliminés, recyclés à travers le débouché électronique. Des instances de vie, drames et ressauts.

Sa retraite il y a quatre ans. L'isolement après la grande fête donnée en son honneur. Quatre discours pour honorer sa compétence, son engagement, dire le vous nous manquerez, vous nous manquez déjà, vous l'imbécile qui avez toujours accepté de remplacer vos collègues moins consciencieux, avez fait des heures supplémentaires, sans rechigner. C'est du passé. Maintenant, rentrez chez vous, Claire, reposez-vous bien, vous l'avez mérité, partez, voyagez, prenez le temps. Du bon temps. Allez-vous-en. Profitez de votre liberté. Ici, c'est terminé. Fini. Adieu.

Il lui faut faire le plein d'essence, à la prochaine station. Le terme plein lui serre le cœur, lui monte à la gorge, alors qu'elle... se vide. Elle ne sait pas depuis combien de temps elle roule. Quarante minutes, une heure, plus. Elle en a pour deux heures encore, au moins. Elle freine à deux mètres d'une station d'essence, quatre pompes en tout, à distance d'une Fiat orange, qui attend que son chauffeur revienne du kiosque où l'on paye son fuel. Le regard baissé, elle retire son porte-monnaie du sac qui est sur le siège du passager, relève la tête, et voilà que son cœur se met à battre avec une telle force et rapidité, qu'elle en a le vertige. Deux enjambées, et le conducteur de la Fiat est sur son siège, derrière le volant. C'est lui ! Ou presque. Son fils peut-être ? Une chevelure encore épaisse, grisonnante mais pas éparse. Le regard qui s'est orienté vers elle, issu de petits yeux brun foncé, a réussi à transpercer le pare-brise. De sa vie, avec les centaines de personnes rencontrées durant les trente-cinq années passées, collègues ou patients, elle n'avait eu la chance, ni l'occasion de se trouver face à face avec une personne, homme, femme ou enfant, qui ressemblerait, par un trait ou plus, à ce visage, calque de l'essence de la sérénité, de celui qu'elle ne put oublier. Il démarre, lui laisse la place, la Mini Minor obéit, s'aligne.

Ses membres tremblent, il lui faut retrouver son aplomb, contrôler sa respiration, mettre les battements de son cœur au pas.

Elle s'empêtre avec le tuyau de la pompe à essence, presse le mauvais bouton. Elle a chaud, des gouttes de sueur trempent ses cernes, la peau sous les narines, une émotion l'étreint, elle ne veut pas la définir. La manipulation de l'écran devient difficile, elle pense au bon vieux temps lorsque des jeunes gagnaient leur argent de poche en faisant le plein des voitures, lavant les vitres des véhicules. Elle ne remarque pas tout de suite qu'un monsieur s'est approché d'elle, propose de l'aider. « Ils viennent de changer le système, dit-il, il m'est déjà familier. »

Cela n'aurait pu être lui à cette station d'essence. Pour quelle raison cette rencontre surprise, après toutes ces années et justement ce matin, alors qu'elle tourne le dos à ce qui fut sa vie ? Aucun résidu n'en reste, pas un seul témoin de loin ou de près. Elle aurait pu suivre la Fiat pour s'assurer. Elle ne l'a pas fait, ne l'aurait pas fait, l'eût-elle pensé. Daniel et elle avaient travaillé plus d'un an ensemble à l'hôpital, avaient été assistants dans la même section, certaines nuits n'avaient pas quitté le patient en situation critique, l'avaient assisté minute après minute afin qu'il survive, jusqu'à l'arrivée du chef le matin. Elle tomba amoureuse de ce jeune médecin, admira la subtilité de son approche vis-à-vis des patients et collègues, la compréhension innée, à toute épreuve qu'il prodiguait dans l'exercice de son art, ses gestes, paroles, tant de preuves de sa grandeur d'âme. Son regard, le timbre de sa voix, ses mains procuraient calme et réconfort.

Une collègue d'études de Daniel, qui ne lui avait pas été indifférente durant les années universitaires, engagée par ce même hôpital, ranima les sentiments des deux jeunes médecins. Claire en souffrit, pensa quitter son poste, mais le couple la devança, se maria et choisit d'accepter un stage à l'étranger. Claire avait alors compris sa réalité propre. Daniel avait tracé pour de bon, dans son entité, sa vie affective de femme.

Des impatients derrière elle, qui klaxonnent, qui sont pressés. Elle n'est pas en mesure de faire de la vitesse, de conduire avec en tête les propos de son existence. Elle aurait dû prolonger la pause à la station d'essence, toujours cet aurait dû faire autrement, agir autrement, mener une autre vie, sortir de son moule, s'inventer autrement, chercher un autre soi-même, une autre identité. Balivernes… et Daniel, lui-même en ce jour, en chair et en os, dans son évidence, devant elle, ou bien est-ce quelqu'un qui lui ressemblerait plutôt ? Vaine supposition malgré les probabilités, alors que, pour elle, la boucle est bouclée de part et d'autre, dans un sens comme dans un autre, depuis longtemps certes, définitivement depuis moins de trois mois.

En ce temps de jeunesse, elle n'avait pas cherché à savoir où le couple Daniel-Patricia s'était installé. Les collègues avaient raconté que les nouveaux mariés avaient sollicité un emploi de deux ans à l'étranger, manière d'élargir leur horizon et leur expérience. Les deux ans passés, Claire s'était sciemment distancée de toute nouvelle annonçant le retour du couple. Ses patients accaparèrent sa vie, une consigne qu'elle avait adoptée, dont l'engagement fut exemplaire.

Claire se rend compte qu'à son habitude, elle conduit avec grande prudence. Il n'y a pas lieu, se dit-elle, de suivre avec conscience et précision la réglementation routière, encore moins d'éviter les risques créés par des chauffeurs maladroits, puisque son principe actif actuel est le retrait complet, voire avec instance de disparition.

Son diagnostic fait maison, la concernant personnellement, lui dicte la voie. Dans la certitude.

À une vie de précaution, d'égard envers autrui, suivrait à la rigueur, selon sa réflexion, une vie de dissipation, de « après moi le déluge ». De libre cours. Laisser aller, laisser faire. Aux choses de se mettre à leur guise en place.

Des nuages côté Sud. Cette même direction qu'elle prend pour atteindre une frontière qu'elle ne dépassera pas, son intention étant justement le village longeant la forêt au haut de la colline, à proximité du pays voisin. Un hameau plutôt. Claire compte s'installer dans la maison-cabanon du garde champêtre qui avait démissionné. Nul ne le remplacerait à plein temps, un tournus de professionnels et volontaires avait été mis en place, alors que la mairie s'était félicitée d'avoir trouvé une locataire de confiance, en la personne de Claire.

La Mini Minor roule à fond. Claire allume la radio. Du Beethoven qui abat sa sourde puissance, dans la force du son. Claire entonne à mi-voix la musique, a le cœur qui bat la mesure. Des larmes qu'elle ne refoule pas voilent ses yeux, les nuages amoncelés forment une voûte gris foncé, plus qu'une heure de trajet pour arriver à bon port.

Elle n'aime pas conduire quand il pleut fort, n'aime pas non plus être sur la route par grand soleil, celui qui lui aussi aveugle. En fait, elle craint le soleil crépusculaire de l'automne, celui des matins d'hiver, lorsque le bel astre est en ligne horizontale, en plein dans les yeux.

Le pied sur l'accélérateur, Claire fonce, double les voitures, sous les accords du concerto numéro six de Beethoven. Cela lui est égal d'arriver ou pas à destination. Il fait si bon de voler au-dessus de l'asphalte, éviter par de brusques réparties du volant les véhicules récalcitrants qui lui barrent la route, rester indifférente aux klaxons énervés des chauffeurs. Elle veut avancer, elle doit avancer, et que toutes les voitures se poussent de côté. Ou pas. Qu'est-ce ce soupir, comme sorti du fin fond de son corps, qui lui souffle en retour cette liberté qu'elle requiert et acquiert ? Une autre dimension vient de prendre forme, et non seulement elle mobilise tout l'espace, mais aussi s'installe quasiment pour de bon. Claire respire profondément, donne son accord à ce sentiment d'être non pas libre, de ses pensées, de ses actes, ce qui fut toujours le cas, mais libérée de tout et tous, d'être enfin elle-même. Un triomphe. L'intempérie qui se joue à l'extérieur lui importe peu, au contraire fait corps avec son esprit.

En roulant plus vite encore, elle pourrait avoir la chance de ne pas subir l'orage, elle s'éloignerait du lieu propice à son éclat et puis, après tout, quand bien même il éclaterait...

De grosses gouttes s'écrasent sur le pare-brise de la Mini Minor. Un éclair déchire le couvercle inversé du ciel, l'éclat du tonnerre qui gronde et se répercute ne lui parvient pas dans toute son ampleur. L'orage est décidé, rien ne l'arrêtera. La pluie ruisselle de toutes parts, les voitures ont ralenti, seules quelques-unes, dont celle de Claire, doublent à toute allure les véhicules à la file.

Le bruit des pneus sur la route changée en pente aquatique devient assourdissant, couvre les notes du concerto, la pluie déverse son flot sur le pare-brise, Claire ne distingue plus les formes alentour. Tout s'assombrit, les halos des phares des voitures qui roulent en sens inverse, plongent dans son regard, l'éblouissent.

Elle se demande si elle a pris la bonne direction, dans ce cadre fantomal qui l'entoure. Peut-être qu'elle-même n'est qu'un esprit. On ne retient pas une apparition qui a fait le mort toute sa vie. Elle tente de se souvenir... ses parents, son enfance, sa jeunesse, et surtout son amour pour Daniel. À qui la faute, à qui les erreurs, de n'avoir pas su garder, préserver, construire ? Aucun regret ne s'avise de se manifester. Il y a son destin, le sien et la gratitude. Ses pensées se tournent vers ce que l'avenir dans son nouveau domicile lui propose et pour quelle durée, suivent avec intérêt les jets continus sur le pare-brise, l'éclaboussement provoqué par ses propres roues et celles des voitures qu'elle double. Trombe dans la précipitation.

Claire manœuvre pour dépasser un minibus, soudain ne contrôle plus le volant, c'est la voiture elle-même qui conduit, se conduit, dérape. Claire a la présence d'esprit de définir l'action par la formule de patinage ! La voiture tourne par deux fois sur elle-même. Un bref coup de klaxon a scandé la performance, succédant à ses volte-face, sa voltige sur place, la Mini Minor s'arrête d'un coup.

La Mini Minor et son chauffeur sont immobiles. Une sueur froide baigne le cuir chevelu de Claire, ses aisselles. Elle sait que la file derrière elle accuse un arrêt, est consciente du fait qu'elle doit dégager la voie afin que le trafic poursuive sa route, est dans l'incapacité de bouger. Les automobilistes des deux voitures qui la suivent de près s'approchent d'elle, leurs anoraks relevés au-dessus de leurs têtes, défiant l'averse qui n'abdique pas. Ils s'assurent quant à son état. L'un d'eux regagne sa voiture, alors que l'autre insiste pour prendre le volant des mains de Claire et, avec précaution, place le véhicule hors des voies. L'aimable personnage quitte Claire, non sans lui avoir conseillé l'extrême prudence et une pause de quelques bonnes minutes avant de reprendre la route.

L'émotion a démuni Claire de ses forces. Ses réflexes sont amoindris, mais elle estime qu'une longue attente nuirait à ses sens, qui se doivent de respecter les heures de leur éveil. Les pneus de la Mini Minor se posent avec précaution sur l'asphalte qui regorge d'eau, quelques rares véhicules constituent le trafic alentour. Claire suppose que l'intempérie garde les gens à l'abri chez eux, ou dans un refuge. Peut-être serait-il préférable, pour elle aussi, de faire escale à la première occasion. Elle se rappelle avoir remarqué récemment l'affiche d'un restaurant non loin d'où elle se trouve, une allée entourée de buissons y mènerait. Pour rien au monde, elle ne souhaite revivre l'état de danger de tout à l'heure, elle saura attendre l'accalmie, au sec.

Sans le malencontreux orage, elle serait déjà à destination dans le quart d'heure à venir, au plus tard dans une vingtaine de minutes. Prendre son mal en patience fut la devise de son quotidien jusque-là. Claire se demande si les ermites succombaient eux aussi à un quelconque mot d'ordre, principe universel, comme ce fut son cas durant des années, tente de se réjouir à l'idée de survivre ailleurs, à partir de ce jour au moins, pour une durée non définie, dans une tout autre configuration, justement de par la jouissance d'une liberté de seconde classe, de demi-mesure, à l'orée d'une forêt, dans la demeure d'un ex-garde champêtre.

L'ombre est partout, tel un rideau, une tenture plutôt dans tous les tons de gris, que les phares des voitures crèvent par instants, pour plonger l'alentour dans une énigme effarante. Claire ne veut pas manquer la bifurcation qui mène au restaurant. Penchée au-dessus du volant, le visage à quelques centimètres du pare-brise, son regard espère discerner à temps un panneau indicateur.

Elle ralentit, freine lentement, croyant entrevoir une sortie. Erreur. Il lui faut continuer, deviner avec justesse, ne plus se tromper. Ses épaules s'affaissent, alors que la pression des mains sur le volant s'accentue. Des lumières, les feux d'une enseigne s'agitent à trois, quatre mètres, plus, non moins, déjà ! Comment jauger la distance avec exactitude, dans ce brouillard de pluie ? Elle prend le tournant, s'engage dans l'allée.

L'entrée du refuge, enfin ! Il s'agit de ne pas glisser. Le sol, recouvert de plastique, est mouillé, la foule des rescapés, de par leurs cirés, bottes ou parapluies contribuent non seulement au brouhaha général et au désordre, mais aussi et surtout à l'humidité, qui ne peut ni s'échapper ni s'évaporer.

Claire cherche une place, peu importe à quelle table, ronde, rectangulaire. Son regard fait le tour de la salle, s'arrête, fixe la personne. Daniel est installé près de la fenêtre, côté parking.

C'était donc bien lui l'automobiliste de la station d'essence. Reconnaître et retrouver une personne, qu'on l'ait aimée toute la vie à distance ou pas, quel intérêt ?, qu'on vienne de s'en libérer à l'heure ou non, une conséquence pour soi-même et pas plus, mais avoir travaillé avec elle, vécu l'intensité des moments de secours, d'urgence, à ses côtés, voilà ce qui compterait éthiquement. Impossible de ne pas aller vers elle, lui tendre la main, la saluer. Un premier pas dans sa direction, alors que lui a la tête tournée vers l'extérieur, les doigts effleurant un gobelet posé devant lui. Elle ira se servir une tasse de thé, en premier.

La queue au self-service côté boissons chaudes est aussi longue que celle du côté menus de toutes sortes. Elle avance dans la file des assoiffés. Si Daniel quitte le refuge avant qu'elle n'ait eu son breuvage, aucun regret. Le cours des choses est tel qu'il est. L'essentiel se résume à un seul fait, le face-à-face avec soi-même. L'intempérie de ce soir, dans sa violence, aurait émoussé un sentiment que sa propre volonté avait décidé d'alimenter des années durant, par esprit de confort, par paresse peut-être, par conviction idéalisée, par crainte d'éventuels risques à prendre, la rencontre fortuite à la station d'essence, aurait à elle seule enclenché un déclic tardif... à l'heure malgré tout.

La file côté automates pour boissons chaudes avance et n'avance pas. Une rumeur s'élève du côté de l'entrée, grossit. Les regards se tournent dans cette direction. Le brouhaha général se calme un court instant, des voix questionnent : « Qu'est-ce encore ? Comme si l'orage ne suffisait pas ! »

« Un médecin, y a-t-il un médecin parmi vous ? » Claire quitte la file. Le ton mécanisé du micro de l'endroit fend l'air dans la même requête. « Un médecin s'il vous plaît, à l'entrée. Pour une urgence ! »

Claire presse le pas sur le sol mouillé, ses baskets crissent. Ceux des clients qui se trouvent sur son passage, vu la détermination du personnage, se poussent de côté. « Laissez passer le médecin ! » est l'ordre qui se relaie.

Daniel n'a pas bougé. Il a suivi son ex-collègue du regard. Est-ce bien celle de l'avant-dernière année de son parcours d'assistant ? Peut-être bien. Cette même ferveur en tout cas. Il ne se souvient plus de son nom, se lève.

Une femme, au-delà de la soixantaine, est étendue sur le sol, n'arrive pas à taire la douleur au niveau de son genou. Claire remarque l'enflure de l'articulation, le compagnon de la victime explique que cette dernière aurait tout récemment subi une opération. Claire palpe, ausculte, s'étonne du regard insistant que la patiente pose sur elle, de même du fait que les plaintes et les gémissements sont retenus. Elle n'ose faire bouger la jambe, décide d'immobiliser le membre avec les moyens du bord, voudrait allonger la patiente au calme, dans la dépendance de ce refuge.

« C'est vous, c'est bien vous, docteur Jourdain, je vous ai tout de suite reconnue. Dieu merci, vous êtes là, dit la victime à travers une respiration entrecoupée. Vous m'avez soignée il y a huit ans, exactement. Grâce à vous, ma santé s'est améliorée… »

Claire tente un sourire. Les quelques curieux qui suivent de près le déroulement du malencontreux incident, se divisent en deux files pour laisser passer Daniel qui, le bras levé en angle droit, la main en oblique tranchant l'air devant lui, exige la priorité d'approche. Il s'accroupit, fait face à Claire.

« Bonsoir, collègue. »

Comme si elle n'entend pas le salut qu'il lui adresse. Audibles sont les premières explications qu'elle lui transmet et son « Voyez par vous-même ».

Daniel répond à l'invitation de sa collègue, pose une main sur le genou en peine, palpe, des deux mains soulève la jambe, tente de la fléchir. La patiente ne retient pas ses gémissements.

Les reflets bleutés du néon de l'entrée approfondissent les cernes, glacent et figent les traits des visages, tout est ombre métallisée, les curieux s'éloignent un à un, retrouvent la clarté semi naturelle du refuge.

Debout, Claire suit le parcours des mains de Daniel. Tant de nervosité. Elle aimerait quitter la scène, se retrouver seule avec elle-même, démunie, épargnée de tout souvenir. Les mains du toubib s'agitent, survolent la victime. Claire en deux pas s'arrache de là, il lui faut fuir, enfouir la tête sous le flux d'un nouveau jour, justement dans la chaumière, à proximité de la forêt de son choix.

« Docteur, docteur "Secours", la patiente l'appelle, sollicite sa présence, son regard va de Claire à son compagnon, c'est le surnom qu'on vous avait attribué, dit-elle, je tiens à vous le dire...

— Aussi, docteur "Sauveur", un autre surnom, ajoute le compagnon, vous faisiez des miracles. »

Claire proteste, la reconnaissance est exagérée. Daniel explique, informe, ses lèvres, des ficelles qui se tordent, nouent des paroles qui sifflent des sons aigus, sur un ton docte.

Il est temps de relever la victime, de l'installer à l'intérieur en attendant de la faire transporter à l'hôpital. Claire aussi soutient la femme.

« Comment vous remercier, docteur ? »

La Facture

J'ai le pas qui traîne par moments, suis en compagnie de ma pensée, elle qui décide, donne le ton. En vue de ce déjeuner avant treize heures et pour cause. Un repas avec le souvenir. Un tête-à-tête, dont je ne cherche pas à comprendre l'urgence. J'ai réservé la même table, celle du coin. On me propose une table près d'une fenêtre, vous regarderiez dehors ; les tramways, les taxis, les passants ; en octobre, les rayons du soleil affectionnent cet emplacement à cette heure-ci. Vous ne serez pas isolé, la luminosité, la foule vous tiendra compagnie.

Je n'en veux pas.

Je m'assois, tire le siège plus près du bord de la table, mes mains se posent sur des accoudoirs dont la forme ainsi que la structure ne me sont pas inconnues, seul le tissu a changé d'identité, effleurent ensuite la nappe. En ce temps, d'autres mains avaient cherché à se joindre aux miennes.

On m'a dit au téléphone que, pour ce midi-ci, il n'y a que peu de réservations, les lundis, c'est comme ça. On me recommande, à l'instant, une fois encore, une table près d'une fenêtre, plus appropriée, plus agréable que celle de mon choix, à laquelle je viens de m'installer, dans ce coin éloigné.

« À cette heure, plus personne ne viendra en ce tout début de semaine. »

Le serveur me scrute des yeux.

Tant mieux pour moi, personne à côté de ma personne.

Je lui offre un sourire machinal que je ne me connaissais pas, à lui de l'interpréter, me demande tout de même ce que me vaut son observation inhabituelle, n'étant pas moi-même, n'étant plus depuis des années un habitué de la maison.

« Rien ne presse pour la commande, ajoute-t-il, la cuisine est à votre disposition. » À moi de déchiffrer le ton aigu de ses cordes vocales, sarcasme ou sincérité, son regard en biais.

Ce choix de table en retrait, il y a trois ans environ, avait été un acte volontaire de ma part, un détail du scénario que j'avais mis en place. Révéler ma vérité à ma compagne était devenu impératif…et, dans la crainte de devoir subir une réaction surfaite, la pénombre m'aurait servi. Elle aurait dissimulé les expressions du visage de ma compagne, ainsi que les miennes, aurait amorti un tant soit peu l'impact des paroles que j'aurais débitées, le ton des éventuelles invectives d'Édith, aurait neutralisé nos rapports, les contenant dans l'épais silence de nos corps atrophiés. Me donner en spectacle n'avait été nullement mon genre.

La carte des vins.

Le serveur l'ouvre pour moi, la met sous mon nez. Il attend debout, le corps penché du côté opposé à mon endroit, comme quelqu'un qui tient à éviter une contamination. Il s'éloigne de quelques pas, s'immobilise face à une fenêtre, semble humer l'air. Mon regard le suit, puis fait le tour de la salle. Le comptoir a changé de forme, je ne reconnais pas le miroir qui recouvre le mur en face de moi. Combien de gérants auraient succédé à celui qui était venu nous saluer ce jour-là, qui le faisait à chaque fois, prenait part à nos conversations, s'attardait assis à notre table ? Un seul, deux ?

« Il en pince pour toi, avais-je dit une fois à Édith. Pour quelle autre raison se donnerait-il tant de peine ? Il connaît l'intérêt que tu portes à la gastronomie.

— Penses-tu ! C'est à cause des histoires que tu racontes, ta manière d'analyser les choses. Tu es imbattable ! »

Elle avait ri, m'avait lancé un clin d'œil dont la complicité me ravissait encore. Un bienfait du ciel.

« Quelques amuse-bouche pour monsieur », et une main soignée de poser devant moi l'assiette garnie. La serveuse me conte les ingrédients de ces bouchées.

Je n'ai pas le temps de remercier, la jeune personne a déjà tourné les talons.

Le serveur s'en vient avec une bouteille de vin.

« Je vous le conseille. Un de nos meilleurs. C'est au verre, je vous laisse la bouteille. »

Le liquide coule du goulot. Le cristal scintille encore, malgré le coloris qui emplit le verre. Je ne peux quitter des yeux cet ondoiement de pourpre et l'étincelle dorée qui en jaillit au même instant. Le serveur quitte la salle, avec empressement.

Ce vin, le même que celui que j'avais choisi pour lui dire, lui annoncer en privé dans ce recoin de pénombre de ce lieu public, justement afin d'amortir tout choc, de raccourcir les litanies, mieux contrôler la situation, mon inébranlable décision. Aujourd'hui, les gros spots semblent se partager à égalité le plafond, l'éclairage fait soleil. À part à cette table, dans ce coin en annexe. Il y avait bien eu, au-delà de ce jour, trois, quatre années plus tôt, un néon au-dessus du bar, son agressivité, et la clarté disharmonieuse de quelques lustres en cristal.

J'attends la carte des menus.

Je n'ai pas trop aimé les mini-spécialités servies avec les compliments de la maison. Une nouveauté qui m'a donné faim et je n'ai pas encore commandé. Un serveur s'achemine dans la salle, une assiette à la main, la serviette blanche pliée et pendue sur l'avant-bras. Je suis le seul client, attablé, connecté avec ce restaurant, en ce moment.

Le serveur pose l'assiette devant moi.

« Bon appétit. » Son ton est formel.

Il me raconte, je crois, les divers composants de mon plat, que je reconnais et fixe avec étonnement. Je me souviens avoir suggéré et commandé, avec l'accord d'Édith du chevreuil, pour deux personnes, le plat traditionnel de la saison, garni de choux de Bruxelles, de poires cuites accompagnées d'airelles. Elle s'était régalée jusqu'avant le dessert, en ce midi d'automne et de bise modérée, alors que moi, j'avais eu du mal à avaler ces aliments et avais choisi de noyer ma traîtrise et mon infâme audace dans la boisson.

« Tu es tout rouge. Tu as déjà trop bu. »

De toute évidence.

« Comme j'ai pris mon après-midi, et que tu as aussi pris le tien, n'est-ce pas, comme prévu…, donc aucun mal à dég… boire un verre », avais-je réussi à formuler.

Mon effronterie ne m'avait nullement gêné, puisque j'avais évité toute emphase sur l'agrément gustatif.

« Avoir Jim pour patron est une chance inespérée, avait rétorqué Édith. Il apprécie les efforts de ses employés, ne refuse pas les requêtes, et, baissant le ton, surtout lorsque l'occasion est spéciale. » Elle avait traîné sur ces derniers mots, de toute évidence, elle les gardait au chaud dans un écrin nuptial. « De nos jours, rare est la tolérance », avait-elle ajouté sur un ton raffermi. Elle avait effleuré ma main, alors que je prétendais chercher ma serviette.

Le vin et un sentiment de honte s'étaient alors ligués dans un embrasement qui eut raison de moi. J'en fus dévasté. Ma détermination de déclencher dans l'immédiat une phase de désastre dans la vie de ma compagne s'en trouva renforcé. Il m'eût été impossible d'y renoncer.

Il était question des six années d'existence que j'avais partagées avec Édith. D'y mettre fin !

« Vous avez à peine touché à votre assiette, monsieur. »

Je pousse l'assiette vers le bord de la table, la rendant plus accessible au serveur.

« La garniture a été particulièrement soignée, par la dame de la maison.

— Mes compliments. »

J'ai envie de dire à ce serveur, qui m'agace avec ses commentaires, que je ne suis pas ici pour admirer le know how de la gérante ou cuisinière en question ni pour ingurgiter les mets qu'on ne me donne pas l'occasion de choisir, qu'on m'impose, que j'accepte de bon cœur, dans la certitude que, les lundis, on sert les restes du dimanche, en l'occurrence du chevreuil avec sa garniture traditionnelle.

Je ne sais rien des nouvelles coutumes gastronomiques ou autres adoptées durant le temps de mon absence. Je ne pourrais dire non plus pour quelle raison, à peine parvenu à l'appartement de mon ami Paul, mon sac à dos couché à terre, un aller-retour express à la salle de bains pour me rafraîchir, j'ai pris le chemin de ce qui fut notre restaurant, à Édith et à moi. J'avais fait la réservation le matin même, un impératif que je n'avais pu ignorer, en dépit de la certitude faussement jaugée de ne pas en tenir compte sitôt arrivé en ville.

Paul, un ami d'enfance, de toujours, en congé sabbatique pour le moment, a offert de m'héberger jusqu'à ce que je trouve où loger. Il avait bien mis en évidence le côté aventurier de ma nature, le doute qu'il portait à mon égard « Après toute cette vadrouille, crois-tu pouvoir t'installer pour de bon... ? »

Je bois une gorgée de vin. À la santé des personnes rencontrées au cours de mon périple. Nombreuses. Une deuxième gorgée, à la chance qui m'a souri toutes ces années, à celle aussi d'être de retour, avec gratitude, à exactement cet endroit. Le serveur m'apporte quand même la carte, celle des desserts, je la refuse d'un geste de la main, commande un café.

Édith et moi n'avions pas commandé de dessert. J'avais tenu à prendre la parole d'abord, que dis-je... il y avait eu urgence ! J'avais alors placé mon regard en plein dans ses yeux, tenté de bien respirer, puis avais clos les paupières, prêt à aborder le sujet. Elle m'avait pris la main et, dans son beau sourire, qui me fit froid dans le dos, m'avait dit dans un souffle : « Allez, vas-y, parle, je sais de quoi il s'agit. Tu n'es pas de ceux qui prennent congé tout un après-midi et me demande de faire de même, dans le seul but de partager un déjeuner. »

Le mariage, une certitude pour elle. Je m'étais alors empressé de me présenter à elle, tel que j'étais : un type pour qui la liberté est essentielle, qui ne souhaite aucun partage, ne veut ni ne peut faire des concessions, encore moins des promesses. Un autonome, un indépendant. Si différent de ce qu'elle avait imaginé. Elle m'avait offert son rire, et j'en fus plus qu'agacé. « Je ne suis pas une femme possessive, moi, et tu le sais, depuis le temps. Donc, tu n'as rien à craindre. » Elle avait relevé haut la tête, avait rejeté ses épaules en arrière, mimant la fierté, celle d'être nantie d'une générosité de cœur sans pareille. J'eus très chaud, la fournaise était devenue dynamite, elle explosa. Alors, j'avais discouru dans un seul souffle. Les mots s'étaient succédé, imprévisibles. Tranchants. Au couteau, à la hache. Bourreaux sortis des ténèbres.

Craignant de ne pouvoir contenir la source d'agressivité et ses épanchements qui, comme il m'avait semblé, s'embrasaient de plus belle en moi, je m'étais levé d'un bond et avais quitté la salle.

Ces trois dernières années, j'eus le malheureux privilège d'être poursuivi par les deux regards qu'Édith avait posés sur moi, ce jour-là : le premier de tendresse, la plus authentique qui soit, suivie par la pointe d'effroi au sortir de l'incrédulité.

Elle ne revint pas chez nous, ne reprit pas tout de suite son travail.

Je quittai le pays pour un temps indéterminé, comme je l'avais prévu. Paul ne voulut jamais me donner des nouvelles d'Édith. « Vos affaires ne me concernent en rien. Laisse-moi te dire que tu as agi comme un goujat », m'avait-il lancé.

On ne me sert pas le café que j'ai commandé. Ni café ni dessert, comme la dernière fois.

Pas de serveur, aucune serveuse en vue non plus. Il me faut demander l'addition. J'attends. La fatigue m'envahit. J'appelle « Ho ! Hello ! Service ». Je tiens à rester calme. Je me lève, bouge quelques sièges, le bruit éveillera l'attention du personnel, au moins celle de la dame qui a garni le plat de chevreuil auquel j'ai à peine touché. Je me dirige vers le bar, en tapote le comptoir, appelle le service, ne recevant aucune réponse, vais d'un pas décidé vers la porte du fond, celle qui mène à la cuisine. J'entre dans une antichambre obscure car sans fenêtre, puis rebrousse chemin.

Il n'y a plus personne, et le déjeuner semble m'avoir été offert.

Je quitte les lieux et mon pas s'est accéléré. Dehors, à quelques mètres à peine du restaurant, il me semble entendre un rire. Celui pour lequel j'étais revenu.

L'adieu

Éternité

De son refrain, l'oiseau salue le matin
Le soleil effleure l'air de ses rayons
Le murmure du ruisseau est à l'unisson
L'homme rêve, sourit à son destin

Le chant du coq crève le silence
La lumière fait jaillir les couleurs
Le ciel s'y joint maître des humeurs
Pour dire l'infini, l'éternelle cadence

Au loin, un chien aboie à l'orage infâme
Le soleil a fui, éteinte est sa flamme
L'homme clôt les yeux face au mystère de la nuit

La femme ferme les volets de son âme
Supplie l'indulgence à l'inexorable trame
Qui crée, anime et détruit

Devenir autre

Un gouffre m'aspire, je le laisse faire, ni angoisse ni peur, autant l'intégrer. Je ne sais pas, ne sais plus, ne sais rien.

Autant s'y noyer, se désintégrer. Ni souhait ni désir, aucune motivation. Dormir… le sommeil pour ne pas revisiter sa vie, revoir le parcours, les événements, les choix, chaque circonstance, l'aptitude et son contraire, les heures de bonheur. Les fautes, les erreurs, en pleine bienveillance ? Dormir, prendre du recul. Faire un échange, s'échanger. Ne plus être cette même personne, la même ne peut continuer puisque tout a changé du tout au tout. Un deuil, une cassure. Il faut devenir quelqu'un d'autre, un autre soi-même pour être en mesure de poursuivre. Il faut continuer, dit-on. Continuer ? Alors qu'il faille reconquérir les espaces, ceux d'autrefois, du jour d'avant, et que radicalement différente est chaque perspective, l'arrêt en lui-même un terminus. Il faut pouvoir bifurquer du tout au tout en tout. Changer, devenir quelqu'un d'autre, pour mettre ses pas dans ces vieux sentiers, tout neufs.

Alors, le mieux à faire, le plus simple et le plus facile est de se raconter des histoires, sur fond de nuits blanches, de placer des personnages sur Terre, les faire agir, parler, vivre, de les suivre de près. Ils m'emporteront sur leurs traces, je serai eux, me démènerai avec eux, en eux, ces moments terre à terre me soulèveront du sol. Simple recette de ce devenir autre.

Au bonheur, à l'espoir de colorer si possible chaque fin d'histoire.

Qui suis-je ? Que suis-je ? Je le savais, l'ai longtemps su, des dizaines d'années, puisque je vivais ta vie, aussi ou peut-être plus que je n'ai vécu la mienne. On ne peut vivre deux rythmes à fond, deux configurations, deux natures, deux successions d'impératifs, au complet. En chemin, on laisse chuter l'un d'eux, ou bien on le néglige, lui offrant juste de temps à autre une récompense, même passable, afin qu'il ne dépérisse pas complètement. J'ai été toi pour te sauvegarder, ai longtemps tu certaines de mes réflexions, les déverser aussi auprès des tiennes aurait perturbé toute la clémence de flots bien rythmés, provoqué peut-être un débordement de tsunami.

J'ai habité ta peau, ingéré ton esprit, cru pouvoir assimiler toute la logique de ta pensée. Nous avons avancé et nous avons reculé. Ensemble. À deux. Nous forgeâmes la base de chaque motivation. Nos deux souffles, parfois même en opposition, traçaient le parcours.

Vint le moment de vérité où, petit à petit, tu te désistas de toute décision. En toute conscience, je continuais à vivre ta pensée, la mienne en dernier. Et puis déboula le temps où je te vivais à fond. Pour faire au mieux, je décidai d'être toi. En m'éliminant, je sombrais aussi.

Simple est le renoncement, mais il semblerait qu'il n'est pas permis lorsque le cœur bat encore.

Tu n'es plus. La motivation s'est aussi enfuie. Qui suis-je, que suis-je ? Quelle importance que cette chose artificielle devenue moi !

Reprendre à zéro ? Impossible. Continuer ? Non plus.

Alors imaginer...

La première nuit

Déjà trois jours que la rumeur circule, elle n'effleure que certains dans ce hall aux grandes fenêtres qui donnent sur une cour qu'un jardinier fait verdoyer. Incontournable cet espace ouvert à tous les vents, avec ses sept tables de travail disposées par égard à la préférence, puisqu'il faut le longer afin d'accéder aux trois-pièces bureaux destinés aux cadres. Alice et les deux employés de sa génération communiquent par des regards qui ne se prolongent pas, craignent de dévoiler leur inquiétude, même à travers l'expression de leur prétendue indifférence. Jeunes recrues et apprentis de plus longue date, attentifs face à leurs ordinateurs, ne s'en trouvent pas plus affectés que cela.

Un même regard circule, rassemble les trois paires d'yeux, se dirige vers la porte au milieu du couloir qui longe le hall, même fermée, elle ne dissimule pas l'importance de la réunion qui s'y tient. Des bribes de voix transpercent la cloison, tel un écho, un murmure grave sans coupure semble avoir tapissé toute la surface de la pièce bureau du patron de la firme.

Alice et Lydia rangent leurs effets personnels, quittent les prémisses de la firme, il est déjà presque sept heures du soir.

« Aucun nuage ce soir, dit Lydia interrogeant le ciel.

Il fera beau demain, il faudrait profiter de l'indulgence de la nature, puisque ce qui nous attend au travail ne présage rien de bon. Allez, monte en voiture, je te raccompagne chez toi. »

Alice veut protester, se retient, tait son inquiétude face à l'imprévu. Contre toute attente, Adrien, le fils du patron, est rentré de l'étranger après dix ans d'absence.

« Certes, il faut nous rendre à l'évidence, monsieur Adrien semble déterminé à prendre la relève, voilà bien deux jours qu'il s'enferme dans le bureau avec son père, cela ne veut pas dire pour autant que nous risquons de perdre notre emploi. »

Lydia laisse échapper un rire qu'Alice aurait préféré ne pas avoir entendu. « Monte, je te prie, allez...

— Merci, mais j'aimerais marcher jusque chez moi, une bonne demi-heure à l'air frais, pour récupérer.

— Comme il te plaira. » Le ton est sec.

Alice accepte de s'installer dans la Volkswagen.

Lydia ne peut contenir la verve amère devenue démesurée de minute en minute.

« Adrien a fui ses responsabilités, son père et l'entreprise entière que ce dernier a montée autrefois avec le succès que nous lui connaissons, juste après la mort de sa mère. Il y a bien dix ans, n'est-ce pas ? D'accord, je passe outre, motivation, émotion, pas mon affaire. Je ne vais pas me pencher sur son cas. Il se balade de par le monde, travaille pour plusieurs entreprises...

— Il est certain qu'il a accumulé une certaine expérience, un know how que nous n'avons pas.

— Je t'en prie, je t'en prie, Alice... Nous vendons bien notre produit et à travers le monde. Notre fabrique, petite mais efficace, est remarquable, que nous faut-il de plus ?

— D'accord, notre invention, notre dispositif miracle si tu veux, est unique, est devenue avec le temps, hein, avec le temps tout de même, indispensable tant aux bateaux qu'aux avions, seulement...

— Et tant mieux. Alors, pour quelles raisons ces chemises, ces dossiers, ces documents qu'on fait sortir des étagères, qu'on sélectionne, qui s'accumulent depuis quatre jours, que junior étudie et consulte avec son père... ? »

Alice regarde défiler les maisons, un supermarché, puis un autre. Elle se fera une omelette à dîner, il n'y a que des œufs dans son frigo.

« Tu ne t'inquiètes pas, à ce que je vois. J'aurais 58 ans comme toi, peut-être que je serais indifférente aussi. Eh bien moi, à cinquante ans, avec un enfant et un mari mi-invalide, ne lui permettant qu'un emploi à mi-temps, je me fais du souci. »

Arrivée à bon port, Alice colle un baiser sur la joue de Lydia, lui murmure un « attendons de voir » et court vers le porche de son immeuble où elle occupe un appartement au parterre, avec un jardinet, quatre pièces conçues avec générosité qui ce soir l'accueillent et de suite l'intègrent dans une sphère de bienfaits, de faveurs, de douceur.

« Pourvu que je trouve un bout de pain, pour mieux avaler l'omelette. Cédric aurait été encore en vie, il y aurait eu du pain frais chaque jour, le frigo aurait été bien garni. » Une réflexion d'une fraction de seconde. Plus de vingt ans depuis le décès de son époux, elle le retrouve en pensée, chaque jour.

Walter ne prend pas la voiture. Il marchera jusque chez lui, jusqu'à sa maison au haut de la colline au nord de cette petite ville. Adrien, ce fils unique, est de retour ! Walter aurait aimé avoir eu un, deux enfants de plus, surtout maintenant, au moment de sa retraite. Pour l'échange, le partage d'opinions. Adrien semble manquer de flexibilité, à côté d'une sœur, d'un frère, il aurait peut-être accédé à d'autres termes que les siens. Il s'arrête pour reprendre son souffle, du seuil de sa porte, le patron d'un bar le salue, Walter pense faire une halte, continue sa route, il n'a ni la force ni l'envie de bavarder.

Après le décès de sa mère, Adrien à trente ans quitta l'entreprise et la maison, laissant son père seul face à ses responsabilités, son chagrin. Walter n'apprécia pas l'égoïsme de son fils, quoiqu'il le comprît. Dix ans depuis et aujourd'hui Adrien veut déplacer le laboratoire jumelé à la fabrique non loin dans un petit village de la région. Il souhaite faire un investissement à bon marché dans la technologie électronique, dans un pays de l'Est, engager des techniciens novateurs qui créeront des dispositifs encore plus sophistiqués dans le cadre de l'orientation des avions et des bateaux. Les chercheurs actuels ainsi que la génération des cinquante ans et plus devront être congédiés, avait-il déclaré.

« Au pied du mur, Adrien me met au pied du mur » ; une réflexion qui hante Walter durant dix minutes de marche. Face au risque que le changement représente, junior n'avait pu rassurer son père « aucune garantie de succès, mais il faut essayer, il faut avancer », a-t-il certifié.

Walter arrive chez lui, la marche a alourdi ses membres, un poids écrase ses épaules. Il s'allonge sur le sofa du salon, ajuste sa respiration à un rythme régulier. La fatigue vient d'avoir raison de lui. Il ferme les yeux. Trêve. Ne plus cogiter. Une seule requête. Lui seul annoncera la nouvelle à ses employés, il recevra au préalable un à un ceux qu'Adrien souhaite congédier. D'ici là, le silence sera maintenu.

Il revoit les visages face à des croquis digitalisés ou encore ceux penchés sur des prototypes qui suggèrent de minimes changements. Ce qui surgit devant son regard clos, c'est l'attention, l'intérêt, la motivation, l'esprit d'équipe qui caractérisent ceux qui furent ses novateurs.

Le côté administratif, si bien rodé. Réunions, conseils, contrats, factures, rentrées et dépenses se gèrent dans le bâtiment au grand hall et aux deux bureaux privés. Aucune négligence, nulle confusion, même lorsque l'inattendu se profile sous des demandes, des requêtes d'urgence de la part de clients difficiles, tout se règle dans une coordination qui l'a étonné plus d'une fois. Sa gorge se serre, il pense à la loyauté des trois élus qui allaient être remerciés. Alice, de longue date auprès de lui, pas une plainte même lors d'heures supplémentaires. Certes, elle vit seule, aucune obligation familiale qui eût pu à certains moments provoquer chez elle une réaction irascible, aussi sut-elle bien le seconder avec une discrétion sans pareille durant la période après le décès de son épouse. Lydia, sa collègue de quelques années plus jeune, mère de famille, avec qui elle s'entend si bien ainsi qu'avec Ralph, délicat de santé qui aurait pris sa retraite dans deux ans.

Quant aux trois jeunes gens, nouvelles recrues, intouchables ceux-là, ils se contentent de suivre bon gré mal gré, parfois avec réticence, le système conçu par leurs collègues plus âgés.

Walter se penche un long moment sur les nouvelles méthodes qu'Adrien semble vouloir instaurer, cherche à se convaincre des bienfaits proposés par son fils. Les changements pourraient se révéler salutaires. Des difficultés sont à prévoir. Il s'inquiète pour Alice, pour son avenir, mais son souci s'évapore rapidement, avant même qu'il n'en conçoive la raison. Quant à Lydia, il lui remettra la meilleure des lettres de recommandation, peut-être même lui trouvera-t-il un emploi auprès d'un de ses amis, il dédommagera Ralph pour ses deux années d'avant la retraite.

Le lendemain, vers quatre heures de l'après-midi, Walter quitte le bureau, traverse le hall, les lèvres pincées, ne dédie aux employés qu'un regard furtif. Nullement son habitude. À chaque fois, il s'arrêtait auprès de l'un ou de l'autre, échangeait quelques propos. Alice suit Walter du regard, à soixante-douze ans, on lui connaissait un port altier, des épaules bien assises, et non cette nuque qui devance tout le corps, courbe l'échine. Enfui le regard de bienveillance qu'Alice accueillait chaque matin, saluait chaque soir à l'heure de la fermeture. Dans sa poitrine soudain un poids, une lourdeur mal en place. Elle sait que junior va imposer sa loi nourrie de jeunesse, bien établie dans l'avenir globalisé et qu'elle en sera la première victime. À cinquante-huit ans, on vous demande tout simplement de partir. Perdre cet emploi signifierait la perte de soi. L'identification est telle qu'il y a appartenance. Trop tard pour commencer ailleurs, trop tard pour recommencer. Tout le planning de son avenir, le social inclus, est mis en question.

Le sourire du patron, sa bienveillance lui avait suffi tout ce temps de veuvage, ces vingt-trois années suite à l'accident fatal de son époux. Walter l'avait embauchée, lui avait confié petit à petit des responsabilités administratives qu'elle avait assumées avec compétence.

Walter, le patron père, s'absente toute une semaine. Dans le hall aux sept tables de travail, le silence chasse la parole et le sourire. Les horaires sont respectés à la lettre, Lydia s'acharne au travail malgré le refroidissement peu banal dont elle est la victime. À la demande d'Adrien, Alice s'applique durant les deux premiers jours de la semaine à orienter ce dernier dans tout ce qui est de son ressort. Adrien l'écoute, prend même des notes. De même, fait-il appel aux services de Lydia ainsi qu'à ceux de Ralph.

Rentrée chez elle, Alice consulte Internet lorsque le doute l'envahit. Il s'agit d'un survol du marché de l'emploi. Elle note quelques adresses, ne prend pas contact. Mal en point, Lydia est ravie de se réfugier dans son lit, quant à Ralph, il est dans l'attente avec son épouse, quel que soit l'objectif d'Adrien, ils sauront assumer les contraintes qui s'imposeront, et puis il est prêt à accepter de simples boulots si nécessaire, en toute liberté, sans devoir sacrifier son temps de loisir.

Subrepticement, comme à pas de loup, cet état de choses, l'anticipation de la perte de l'emploi, sa crainte, agissent à la manière d'une déception, d'une rupture. On se rend au travail différemment, on ne sait même plus pour quelle raison l'ordinateur aligne ses tabelles, son système, on suit le mécanisme avec un recul qui inquiète ces employés d'habitude si concernés et dont l'engagement était entier. Un certain flou recouvre la face de leurs ordinateurs par moments, Alice a l'impression d'être vis-à-vis d'un écran contre lequel on aurait lancé une pierre pour le briser, comme contre la vitre d'une bijouterie. L'entaille se creuse en profondeur, une déchirure réelle, interne et intérieure.

Walter, le patron père, fait acte de présence deux semaines plus tard, le lundi à 9 h 30 heures. Il reçoit les regards haut levés des trois employés, leurs sourires qui se dessinent avec retenue. Il ne manque pas de les saluer et sa voix leur semble un rien plus faible.

Walter rejoint son fils au bureau, une demi-heure plus tard, ils en sortent, Adrien quitte l'immeuble, alors que Walter se dirige vers Alice, lui demande de le suivre. L'entrevue est aimable, amicale même, se prolonge à travers les réminiscences du vécu au travail, l'échange prend une tournure plus radicale alors qu'elle touche à sa fin.

« Je quitte mon entreprise, à mon âge, il est grand temps. À junior de faire ses preuves. Ne croyez-vous pas ? »

Alice n'a ni le temps d'approuver, encore moins de contredire par des compliments bien tournés, que la phrase clef s'abat, l'interpelle avec brusquerie.

« Vous aussi, Alice, allez quitter l'entreprise, vous en serez dûment remerciée. »

Le départ dans trois mois. Elle aurait préféré partir tout de suite. Lydia et Ralph reçoivent le même traitement, ils sont aussi congédiés, mais ils perçoivent la situation différemment ; Walter s'occupe déjà de trouver un emploi à Lydia, quant à Ralph, une bonne compensation lui est assurée, pour les deux ans manquants.

Adrien se charge de régler lui-même, en temps voulu, le sort des techniciens. Alice est consciente du fait que son âge ne lui est pas favorable, il lui faudra consulter Internet pour rechercher un emploi avec plus d'ardeur. Passable en tout est le mois qui suit, aussi Walter se fait rare, il a littéralement passé la main à son fils, alors que ce dernier alloue la majeure partie de son temps à la fabrique où il déploie ses projets. La situation est complexe, requiert étude, analyse puis restructuration, nouveaux contacts et fréquents voyages.

Au terme du second mois, avant le départ définitif, Walter arrive au milieu de la matinée, le pas souple, l'expression joviale, s'arrête à la hauteur des tables de Lydia, de son amie et de Ralph.

« Lydia, je vous ai trouvé un travail qui ne peut que vous plaire. On a besoin de vous tout de suite, c'est-à-dire dans deux, trois jours au plus tard. Si vous hésitez, vous risqueriez de perdre l'offre. Il s'agit d'une urgence et de votre chance. »

Walter est tout sourire.

« Votre entrevue avec le chef du personnel est dans une heure, je vous y accompagne. »

Lydia a les joues en feu.

« Allez vous apprêter, je vous retrouve au bas de notre immeuble dans un quart d'heure. »

Walter s'approche d'Alice, il lit dans ses yeux l'anxiété qu'elle tente de dissimuler derrière un brin de sourire.

« Alice, au cours du mois prochain planifiez votre travail à votre guise. Pas plus de quatre heures par jour. Lydia quitte avant terme, vous aussi avez droit à une faveur. »

Prise au dépourvu, Alice veut protester, elle ne pourrait assumer la charge de travail en quelques heures seulement. Aucun mot, pas un son ne traverse ses lèvres, le regard de Walter l'enveloppe entière, plus que ça, il lui semble que, de sa seule présence à ses côtés, émane une chaleur inconnue d'elle, qui la pénètre jusqu'au fin fond de son être, la transporte au-delà du hall. Étourdie, elle garde le silence, croit se trouver hors du temps.

« Marie, derrière vous, devra vous seconder. N'est-ce pas, Marie ? »

Walter s'est déjà approché de Ralph. Durant le mois qui suit, Ralph devra faire travailler un des apprentis et, s'il le désire, il pourra à sa guise continuer de s'occuper du jeune en question, aussi longtemps qu'il le voudra. Ralph approuve.

Alice retombe sur terre, alors que, du regard, elle suit Walter, se dirigeant vers la porte du hall, prêt à quitter le bâtiment. Un patron, un chef impartial, qui œuvre dans la bienveillance. Ces quatre heures de travail par jour, il les lui offre afin qu'elle se consacre à la recherche d'un emploi, qu'elle puisse en toute liberté accepter d'éventuelles entrevues d'embauche. Elle ne pense pas être sollicitée de sitôt, craint même de ne jamais l'être, preuve à l'appui le fait que le patron ait trouvé une opportunité à Lydia et non à sa personne. Aucune mention de sa part à son intention, même pas celle d'une tentative échouée. À peine le désespoir a-t-il fait halte en elle, voulant lui injecter son infusion dévastatrice, qu'un sentiment plus fort, une impression réelle mais non définie l'en chasse, le met en garde. Une présence telle une protection l'accompagne. Elle pense à son époux, son influence depuis l'au-delà, à Walter lorsqu'il se tenait à ses côtés. Elle revoit ses années de solitude qu'elle a malgré tout su combler de par son dévouement à l'entreprise, elle aimerait surtout ne plus devoir se perdre dans ses réflexions.

Le dernier mois, celui des quatre heures n'est nullement fécond. Alice en ressent du dépit. Aucune entrevue n'est en perspective, elle récolte trois refus, un piètre bilan en récompense à ses efforts, à ses envois de curriculum vitae. Elle traînaille chez elle toute la matinée, le temps fuit, elle a du mal à le gérer, ne réussit pas à le structurer dans un cadre plausible et efficace, se secoue juste chaque après-midi lorsqu'elle se rend à la firme auprès de Marie. Reconnaissante, cette dernière lui montre le travail accompli, attend l'approbation. Alice corrige avec patience, conseille, recommande. Il ne reste plus que trois jours et le départ sera définitif. Un cahier ouvert devant elle, les yeux braqués sur Alice, Marie pose des questions, note avec ferveur les réponses de son mentor. L'échange, ce va-et-vient plein de vivacité, semble combler les deux protagonistes. Au soir, Alice quitte la firme d'un pas léger.

Soudain, telle une vision, la solution à son problème s'affiche en grand, comme sur un panneau publicitaire, face à son regard. Elle ne prendra pas le bus à l'arrêt à cent mètres de là, la marche l'aidera à considérer de près cette pensée qui vient de lui traverser l'esprit. Elle donnera des cours. Chez elle et dans certaines institutions de cours du soir. Une des quatre pièces de son appartement servira de salle de classe, quelques autres changements devront suivre, elle placera un panneau devant sa porte d'entrée, elle devra penser à un manuel, peut-être en créer un elle-même, bref et concis, l'idée freine son élan quelque peu, la crainte cherche à prendre le dessus, elle entend le moteur d'une voiture à sa droite, tourne la tête de son côté. Le conducteur a freiné, il baisse la vitre côté gauche. « Je vous ramène chez vous, Alice, montez. » Doublement troublée par l'idée du manuel à créer selon sa méthode personnelle, de la difficulté qui en découle et la rencontre inattendue de son ex-patron, elle ne bouge pas. Walter allonge le corps, le bras, tente d'ouvrir la portière côté passager, Alice finit par se retrouver assise sur le siège, avec un bonsoir en biais sur les lèvres. Oui, Marie semble bien profiter des conseils qu'elle lui donne. Elle explique brièvement la procédure. Il ne lui pose aucune question concernant sa recherche d'emploi, elle aurait voulu connaître son avis sur l'éventualité de proposer des cours chez elle. Le silence se pose tout carrément sur ces éléments d'importance.

« Dans trois jours donc, on vous libère », dit-il, alignant la voiture au bas de son immeuble.

Elle fait oui de la tête. Elle aurait voulu dire, raconter,

crier même son désarroi, elle aurait voulu que quelqu'un la prenne dans ses bras, l'encourage, la réconforte. Elle ne veut pas, ne peut se contenter du sourire inutile qu'il lui offre. Ils se serrent la main, il a gardé la sienne quelques secondes de plus.

« À bientôt, Alice.

— Adieu. »

Adrien invite Alice et Ralph à dîner, Lydia aussi est de la partie, raconte ses nouvelles obligations, l'adaptation qui lui a demandé de gros efforts. La mine réjouie, Walter les rejoint vers la fin du repas. Ralph exprime sa joie à l'idée d'avoir du temps pour lui après trente-sept années de travail, Alice approuve, réussit à distribuer quelques sourires. Adrien lève son verre, remercie chaleureusement Alice pour sa compétence, sa loyauté, tout le soutien qu'elle dédia à Walter son père lorsque les temps furent durs, on n'oublie pas, Ralph et Lydia, chacun à son tour, reçoivent l'expression de l'estime qui leur est due.

Alice sombre dans un sommeil des plus bienfaisants, cette nuit-là, pour aucune raison valable.

Le lendemain, elle flâne de pièce en pièce dans son appartement, est incapable de mettre de l'ordre dans ses pensées. Elle en retient une seule, telle une nécessité, une exigence, il lui faut entreprendre quelques changements, se débarrasser d'un vieux fauteuil, en acheter un autre moderne, rien pourtant n'égalerait le confort, la chaleur du tissu de ce siège à long terme, ajouter des lampes de-ci de-là, voilà, elle se rendra aux grands magasins, connaîtra la tendance du jour.

On sonne. À la porte, un livreur lui tend un bouquet de fleurs. Surprise, elle attribue l'origine de l'envoi à trois cousins qui habitent à environ trois cents kilomètres de là. « Leur manière de me consoler et de me souhaiter du succès dans mes démarches. » À la cuisine, où elle apprête un beau vase, elle pense que rendre visite à ses cousins, passer quelques jours en leur compagnie lui ferait le plus grand bien. L'enveloppe est arrachée de la cellophane. Cette dernière, retirée, révèle une multitude de roses de toutes les couleurs, Alice en a presque le souffle coupé. Elle décachette en vitesse l'enveloppe, ouvre la double carte sans le moindre coup d'œil au tableau de maître en reproduction, lit les quelques mots qui s'alignent d'une écriture qu'elle reconnaît.

« Bonne chance, Alice, et à bientôt, Walter. »

Les roses dans un vase sur la table ronde du salon, la carte à côté, La Liseuse reproduite et Alice assise le regard fixé sur l'arrangement. L'ex-patron n'a pas la conscience tranquille, d'où ces roses si fraîches, uniques en leur genre. D'autre part, un bouquet de moindre qualité aurait fait l'affaire, et puis on l'a informée qu'elle recevrait plusieurs salaires en guise de remerciement, donc ce bouquet n'a pas lieu d'être. Ce « à bientôt » n'est nullement nécessaire, mais il est commode, il remplace les salutations amicales, chaleureuses ou autres, plutôt embarrassantes.

Les rayons du soleil se posent du côté de quelques roses, intensifient la couleur, Alice suit le jeu de la lumière. Il lui faut remercier l'expéditeur. Une belle carte. Elle en choisira une digne de la personne dans le tas de cartes qu'elle possède à cet effet, peut-être se rendra-t-elle à la papeterie pour avoir une meilleure palette.

Elle se retrouve l'après-midi dans l'enceinte de la grande librairie de la ville, qui aussi met en vente des cartes à thèmes inédits, aussi profitera-t-elle de sa présence dans ce lieu pour faire l'acquisition d'un bon livre. Longue est son hésitation face aux colonnes tournantes, elle évitera les couleurs trop vives, les reproductions de tableaux, vive est son émotion lorsque apparaît une carte où se profile, comme par magie, sur un fond brun clair, l'esquisse en brun foncé du premier navire ainsi que celle d'un zeppelin de la même couleur. Face à sa trouvaille, un vrai bonheur l'emporte sur la satisfaction.

Elle va prendre son temps, examiner les rayons, choisir avec attention sa prochaine lecture. Assise dans un bon fauteuil, elle consacre plus d'une heure à une sorte d'album racontant l'histoire de l'art, se penche avec ravissement au-dessus des illustrations. Le prix de cette œuvre la décourage, elle remet à une autre fois son acquisition et arrête son choix sur une belle édition promettant d'être concise, développant l'histoire de la civilisation. Le sujet la passionne, il est temps de repasser en revue les étapes de l'existence de l'homme, mais ses doutes actuels sur les vertus de la nature humaine lui font craindre cette relecture, mieux vaudrait choisir un roman léger.

Quatre jours déjà depuis la réception des roses, pas un pétale de perdu, car ces fleurs baignent entières dans de l'eau froide toute la nuit, dans le but de leur conserver leur fraîcheur. Ce matin, Alice traîne au lit plus longtemps que d'habitude, hésite tout bonnement à se lever, pense même à passer toute la journée au lit. Elle sait qu'elle devrait s'activer, se présenter à la mairie, prendre des formulaires, consulter les responsables, examiner de près avec eux les possibilités concernant les offres d'emploi. Elle s'arrache à la position horizontale, s'assoit au bord du lit, laisse les minutes s'écouler, voudrait s'empresser d'aller à la douche, en est littéralement retenue par un manque total de motivation. Elle se lève, il lui semble que ses membres, chacun de ses muscles s'ajustent avec difficulté, avant qu'elle n'entreprenne pieds nus sa marche. Elle ouvre un à un les battants de son armoire, d'un placard à côté, souhaite préparer de quoi se vêtir, aucune incitation de la part de ses vêtements ne l'atteint, et dire que, chaque matin, il lui avait semblé que les habits s'étaient eux-mêmes proposés. Elle ne sait comment aborder cet état de choses et d'ailleurs pour quelle raison s'habillerait-elle ? Le mieux à faire serait de se remettre au lit, pense-t-elle, et elle dédie un sourire aux draps chiffonnés de sa couche.

Elle sursaute. Le téléphone vient de sonner. Elle ne répondra pas. L'appel persiste, il lui faut décrocher. Walter est à l'autre bout, demande s'il la dérange à cette heure.

Elle réfléchit à toute vitesse, du moins tente de le faire, il téléphonerait pour la remercier pour sa carte, elle devrait, elle pourrait mentionner les roses qui se trouvent pour l'heure, bien malgré elles, depuis la veille au soir nageant dans la baignoire. Il aurait fallu qu'elle les retire, depuis des heures déjà.

Ensemble, ils se disent merci pour... s'arrêtent en même temps pour laisser l'autre s'exprimer en premier.

Walter a la situation en main.

« Je compte me rendre au lac, prendre un bon petit-déjeuner. Il est tard, mais le restaurant saura composer avec ma demande. Voulez-vous m'accompagner ? »

Walter ajoute qu'il aimerait beaucoup la revoir, discuter de choses et d'autres avec elle. Il passera justement la prendre.

Alice pense à sa douche, à la baignoire qu'il faudra libérer, aux roses qu'il faudra disposer... Walter accepte les trois quarts d'heure qu'elle impose. Les gestes précis, les pas rapides et sûrs, le choix du vêtement astucieux, à la première sonnerie, Alice ouvre la porte ajustant son sourire à celui de Walter.

Deuxième veillée

Je suis ici à quelques centaines de kilomètres de chez moi, de la ville qui est la mienne et qui ne l'est pas, face à ce sommet de trois mille cinq cents mètres d'altitude que je vois pour la première fois, allongé sur une des chaises longues de cet hôtel de la vallée qui m'héberge depuis un peu moins de deux semaines déjà. Sous moi, le matelas bien capitonné est souple, mes vieux muscles y trouvent du réconfort.

Je pense que je n'aurais pas dû venir jusqu'ici pour me reposer. D'ailleurs, que veut dire ce terme ? Est-ce que j'avais réellement besoin de repos, puisque cela fait bien une bonne douzaine d'années que je suis à la retraite ?

J'ai travaillé dur des années durant, sans relâche, me suis consacré entièrement à mon travail, je sais bien que c'est le cas de tous ceux de ma génération, peu importe le métier, la profession, mais, comme tout un chacun, je pense que mon engagement a été supérieur à celui d'autrui, et d'ailleurs que cela soit le cas ou pas, quelle importance à ce jour ? Je suis seul face à ce sommet immuable et puissant.

Que j'ai changé ?! Certes. La minceur de mon corps me plaît et mes joues ne se creusent pas. Seul le poids des années s'acharne sur mes épaules. Cette montagne devant moi ressent-elle la même chose que moi ?

Les intempéries l'ont-elles dévastée ? Un éboulement peut-être, une pente plus rugueuse qu'auparavant ou plus lisse, qu'est-ce face à ce port altier qui perdurera jusqu'au moment d'une catastrophe planétaire et encore, alors que moi la peau de mon cou se plisse, et que mes genoux tremblent sous l'effort physique ?

J'ai été accompagné, entouré au travail dans la journée, de ma famille le soir, les jours fériés. J'ai toujours pensé, je le pense encore, avoir été le seul à donner, à faire, à agir, à m'activer, je crois toujours que, sans moi, mon épouse, mes enfants n'auraient pas survécu, ma présence, mon existence à elles seules motrices de leurs vies.

Au fond, ce sommet face à moi, je ne l'aime pas. Je ne sais comment j'ai abouti dans ce lieu. Un journal, un magazine en faisait l'éloge, la même publicité incitant à récupérer, à se ressourcer, rien de meilleur que l'air de cette vallée. Alors, j'ai pris la décision de venir voir de près ce que la resplendissante image indiquait. Mon épouse n'est plus, mes enfants sont très occupés, la charge de leur vie pèse sur leurs bras, mon épouse partie, je sais, je l'ai déjà dit, mes amis dispersés, préoccupés. J'ai réservé pour un mois. Pas pour le sommet, pas pour la vue après tout si étriquée. Il n'y a pas d'horizon, tout est bloqué, une chaîne de montagnes en cercle, presque moins élevée que le sommet, de diverses dimensions m'entoure. Je suis ici pour ne plus être seul, voir quelques visages, adresser quelques saluts et peut-être échanger quelques paroles.

Les amis s'en sont allés, certains comme mon épouse, d'autres au loin. De plus, je ne peux ni suivre ni accompagner ceux dont les genoux ne tremblent pas aussi fort que les miens... Où sont ceux qui peut-être observent comme moi un sommet, l'expression d'une grandeur, l'infini... ?

J'aurai tout fait, tout donné. Mon temps, mes conseils, mes soins. Face à ce sommet que ses voisins n'affectent en rien, je pense à la nature humaine, me dis dommage, que ne suis-je tel que lui et fier de l'être. Les intempéries, il les connaît certes, elles ne viennent pas de ses voisins, mais de plus haut, ce que nul n'atteint.

Je pense quitter ce monde volontairement, bientôt. J'ai vu l'être humain, cru en sa splendeur, cru au bonheur, ai créé ces sensations en moi. De cette foi, il ne reste qu'une bribe, un lambeau. Aujourd'hui, ma foi est ébranlée.

Comme si des gestes plein de précautions posent une couverture sur mes épaules. « Monsieur, il fait déjà frais, il y a bien deux heures que vous êtes là. » Je proteste, ne le regarde quasiment pas, le laisse faire. Il ne s'en va pas, ne se retire pas, ne me quitte pas. Je tâtonne dans la poche de mon chandail. « Je n'ai rien sur moi, voudrais vous remercier... » Je tourne la tête vers lui, il a rougi, sa couleur brune miroite, devient vive, ses lèvres s'étirent et c'est peut-être du mépris. Il esquisse quelques pas en marche arrière, comme au-devant d'un roi. « Attendez dis-je, ne vous en allez pas. Je suis ici depuis presque deux semaines, c'est la première fois que je vous vois.

— Je viens de reprendre mon service. J'étais au pays, mon père est décédé.

— Oh ! J'en suis désolé. Comment est-ce arrivé ? »

Il me raconte son père. « Il aimait travailler, s'occuper de tout, apprendre, connaître. Il était agriculteur chez nous, et nos récoltes sont abondantes. Certaines saisons, il aidait aussi dans la construction. Du troisième étage d'un immeuble, il a fait une chute en voulant se saisir d'un chargement de briques qu'une grue déposait. Je n'en sais pas plus. »

Je crois qu'il a remarqué mon atterrement. Je pense aux souffrances de ce père, à son dévouement.

« Il aimait tout examiner, aller au fin fond des choses, tenter, essayer. Il nous racontait à ma sœur, mon frère et moi, tout ce qu'il apprenait. Tout ce qu'il savait. À d'autres aussi, il donna tout ce qui était en lui.

— Vous l'avez aimé très fort…

— Et chaque jour de plus en plus. Il vivra en moi et je veux être lui. »

Le silence fait la conquête des lieux, mais ne pèse pas.

« Avez-vous des enfants ? »

J'hésite. Mieux vaut ne pas lui dire que moi de même j'ai travaillé dur, comme ce père agriculteur-maçon, pour eux mes enfants, m'en abstiens. Je réponds dans un souffle que mes activités furent multiples. À cette minute précise, je ne peux m'empêcher de penser aux années vécues, à la rapidité de leur passage.

« Je vais faire comme père, me rendre utile, articule l'employé, toute chose demeure dans le temps, de même pour la pensée. »

L'homme veut quitter le confort de la chaise longue, souhaite se mettre debout, l'employé le soutient. « Donnez-moi plutôt votre main, là, bien dans la mienne. »

Ils restent ainsi un long moment.

Ce matin

Ce matin, c'est l'étoile du berger que je suivrai, le sourire de l'autre que je chercherai, le mien que je tenterai de reconquérir, le partage de mon pain que j'offrirai.

Éviter la désolation, son triomphe qui au fond ne m'accable point, se confond avec le reste de mon être, sied, convient, le reconnaît, a pris place au creux de ma générosité, s'y répand sans détour ?

Les trottoirs familiers allongent leurs pas devant moi, rives de l'inconnu que je vais aborder, les miennes et celles à distance qui appartiennent à d'autres que moi.

Un banc esseulé souhaite faire ma connaissance, j'y prends place, lui abandonne les lambeaux de ma prétendue chaleur. Il me dit « reviens demain et chaque matin je t'accorderai le repos ». Je me lève, suis l'allée à proximité, ne questionne plus, reste sans réponse. Je respire le vent, sa charge de bienfaits, le monde, la vie-la mort, tout à la fois dans ce multivers qui est nôtre.

La troisième nuit

L'étendue face à lui renvoyait l'éclat de la lune. Une réverbération réelle, se dit Zahi, pareille à celle de la neige. Il soupira, ce faisant, il sentit l'air froid emplir ses poumons, jusqu'à la plus petite des alvéoles, l'envelopper malgré tout tel dans une bulle de bien-être. Il quitta la terrasse dallée de l'hôtel, ses pas foulèrent le sable fin du désert. Levant les yeux vers le ciel, il lui sembla que les constellations et les étoiles groupées juste au-dessus d'où il se trouvait le suivaient du regard, de près. Il tendit l'oreille, écouta l'immensité terrestre, l'infini céleste, s'y plongea entier. Bannir la peur, l'insécurité qui habitait son cœur, son esprit, laisser les jours se révéler, leur faire confiance. Conscient de n'être qu'une minime particule, il éleva sa prière. Il pensa aux siens, à sa petite famille qui l'attendait au loin. Est-ce que l'amour seul suffit ?

Dans ce bled où le ciel miroitait, un homme seul réfléchissait. Il déposait ses réflexions dans le sable, questionnait, cherchait. Lutter pour toujours mieux exister. Vérité ou triste réalité ? Le vent vint à épouser le froid, être souffla-t-il, juste cela, vivre, rien que cela.

Zahi traîna dans le hall de l'hôtel, il se mettrait tôt au lit, le lendemain le lever était prévu de bonne heure, la jeep le conduirait ainsi qu'un couple de son âge qu'il ne connaissait pas vers une oasis en montagne. Après quoi, ce serait le retour à la ville, au labeur du quotidien, à l'attente, à la récolte du dû et de l'ingrat.

Un éclairage cru s'attarda sur ses paupières, il s'évadait du bar, du miroir qui irradiait, embrasant de ses reflets les bouteilles de couleurs, le cristal des verres.

Un homme était assis au bout du comptoir devant un verre de whisky, supposa Zahi. Autant échanger quelques mots avec ce personnage, qu'il avait entrevu dans la salle à manger, au cours du dîner. Le serveur lui avait même demandé si, par hasard, il souhaiterait partager la table dudit inconnu. Zahi avait refusé. Il avait choisi de faire seul ce voyage à travers le désert. Une sorte de retraite.

Ses pas le guidèrent vers le tabouret voisin de celui du personnage, puis, s'avisant, il laissa un siège libre entre lui et le buveur. Zahi se commanda un jus de pamplemousse. L'homme, la tête baissée, buvait à petites gorgées, la nuque toujours penchée vers le bas, il levait par moments le regard vers les étagères rutilantes. Poussant son verre vers le barman, sur le zinc qui aveuglait de par ses étincelles vierges, il demanda un whisky double. Zahi lui dédia une expression bien éloquente, ne desserra pourtant pas les lèvres. De la main droite, l'homme répondit par le geste d'arrêt. Stop. Taisez-vous, pas un mot, disait la paume raidie. Puis il quitta son tabouret, prit place à côté de Zahi, alors que le whisky double lui était servi. Il saisit le verre d'une main, regarda

Zahi, dit « à mon frère » et but la boisson d'un trait. Zahi se plongea entier dans son jus de pamplemousse, puis crut bon de dire : « Votre frère ? — Il est décédé il y a deux jours, j'étais déjà ici, à quarante mille kilomètres de chez moi. »

Ils parlèrent, se racontèrent. Les heures filaient. Tant de ressemblance, la reconnaissance de l'être dans chacun d'eux. Les différences nationales sans importance. L'homme versa quelques larmes, la tristesse s'empara du cœur de son compagnon nocturne.

L'heure de se quitter sonna. L'homme interrompit l'adieu que Zahi lui adressait, demanda si ce dernier avait des proches, de la famille, des amis chers à son cœur dans le pays d'où il venait, plus précisément dans le quartier qu'il nomma. Il prononça le nom de ce quartier avec une telle assurance, dans l'accent authentique de ses habitants, y précisa quelques détails sur son aspect, que même les citadins de longue date auraient omis de remarquer que Zahi s'en étonna et s'en inquiéta tout à la fois. Il se rassit.

« Pour quelle raison me demandez-vous cela ?

— Dans dix jours exactement, nos forces, hum... et nos mandataires vont bombarder ce quartier. Les résidents fuiront, nous aurons fait le vide qui nous servira à placer les occupants de notre choix, qui devront à leur tour fuir nos bombes lancées sur leurs domiciles actuels. Que voulez-vous, c'est la seule tactique ou technique avérée. On ne peut forcer une population à déménager autrement. Notre intérêt est notre objectif, notre système de déplacement, pour de nouvelles frontières. »

De retour à la réalité, Zahi en fut assommé. Son peuple et lui vivaient, subissaient cette méthode depuis trop longtemps.

« Je devine ce que vous êtes, votre fonction, votre métier. »

Il s'arrêta un long moment et demanda :

« Pourquoi faites-vous ce travail ?

— Je dois exister. »

La quatrième nuit

Ils étaient assis, chacun dans son fauteuil. Différents étaient les sièges selon le goût, le confort personnel, alors que motifs et couleurs du tissu s'harmonisaient, la trouvaille, il faut le dire, avait pris son temps, le patron du magasin de tissus d'ameublement n'en avait été que plus fier.

Ses pantoufles luisaient sous les pans flottants de son pantalon, sa jaquette sport, sa préférée de tout temps, dans le moelleux de son tissage, flattait encore ses formes.

Il posa le journal qu'il lisait sur le guéridon. « Je n'arrive pas à lire. Je ne vois pas clair. »

Elle leva la tête, le regarda un moment, continua sa couture. Quelques points encore, puis elle quitta son siège sans mot dire, alla vers la chambre à coucher, trouva deux paires de lunettes, vérifia leur fonction, s'en retourna lui tendre celles destinées à la lecture. Il les prit, ne remercia pas, hésita avant de les mettre sur son nez, et de s'emparer du journal.

« Hein ? Maintenant tu arrives à lire ?

— ... »

Les jours passèrent, ils reprirent place dans leurs fauteuils, tard un après-midi.

« Je ne comprends pas ce que je lis, dit-il.

— Et qu'y aurait-il à comprendre dans ce monde de fous et de cinglés ? » observa-t-elle.

...

En cet après-midi de juillet, il ne prit pas le journal qui l'attendait, immobile, il regardait dehors l'orgueil des grands arbres. Un héron fendit l'air, exposant son généreux abdomen, ses ailes immenses en vol plané. Les deux partenaires l'imaginaient déjà se tenant droit et fier dans sa fausse fragilité sur une de ses pattes, au milieu du ruisseau. Les oiseaux se communiquaient des messages sur tous les tons et de toute la force de leurs poumons. À se demander comment ils font pour survivre l'hiver, du moins dans le cas de ceux qui ne s'expatrient pas.

Elle pensa à l'automne, à l'hiver, qui, dans deux mois, se chargeraient d'instaurer le silence, de dévêtir arbres et buissons.

« Heureusement que je viens de lui acheter ce pantalon de flanelle, doublé en plus d'une sorte de ouate douce, pensa-t-elle, il le portera avec plaisir. »

Ils étaient côte à côte, le meuble d'appui entre eux. Elle tendit la main vers lui, il fallait qu'elle le touchât, que sa main à lui reste dans la sienne à elle, qu'elle la garde et, qu'à travers elle, elle le soutienne encore et toujours.

Il n'aperçut pas tout de suite l'offre qu'elle lui faisait, son regard ne quittait pas les limbes du dehors, y demeurait inaltérable. L'offrande était là, il en prit conscience, l'accepta. Avait-il lui aussi ressenti la nécessité d'unir leurs peaux, quelques instants encore, ne serait-ce qu'à travers la minime surface de leurs mains ?

« Les journées sont longues, sortons un peu. »

Du sentier où elle gara la voiture dans cette aire de repos qui surplombe une vallée ouverte à tous les vents, nourrie toute la journée par le soleil des journées compatissantes, il avança à pas lents sur le gazon, jusqu'au banc le plus proche, s'y installa et, durant presque une heure, contempla en silence le grand circuit montagneux au loin, les sommets qui palpaient le ciel.

Elle prit place à ses côtés.

Ils refirent deux fois le même trajet. Elle garait la voiture tout au bord du gazon, à un mètre et demi d'un banc sur lequel elle installait un coussin, une couverture en laine. Il s'y asseyait, y restait moins d'une heure, son regard ciblant les hauts sommets au loin. Elle ne disait mot, pensait que l'été, avait sa perfidie, réussissait à affaiblir les personnes quelque peu vulnérables, de par les changements brusques qui le caractérisaient, chaleur et lourdeur, föhn et averse en une journée, bien incompatibles pour qui n'était plus dans la force de l'âge. « Ses forces reviendront en automne, pensait-elle, la saison est plus stable. »

Il dit qu'il ne se rendrait pas chez le dentiste pour le contrôle annuel. Elle n'insista pas trop dans le but de le faire changer d'avis, accepta d'annuler le rendez-vous, déclara qu'elle devait cependant garder le sien propre. Il décida alors de l'accompagner et aussi de se faire examiner.

Il fut dit qu'il n'agissait que pour elle, pour lui faire plaisir.

Le dentiste n'entreprit pas les soins habituels de nettoyage, craignant des risques inutiles. Elle en fut contrariée.

Elle l'emmena chez un physiothérapeute compétent afin que ce dernier améliore son allure titubante. Son époux avait chuchoté le mot « inutile », mais il accepta de s'y rendre.

Il fut dit qu'il n'agissait que pour elle.

« Les autres croient et prétendent savoir, alors qu'il n'en est rien, tous des idiots, pensait-elle, je suis la seule à savoir de quoi mon époux a besoin. »

Elle l'emmena chez le spécialiste, un médecin de l'hôpital, désireuse qu'on permette à son époux d'avoir accès à de l'oxygène. Il ne répondit pas à l'infirmière qui lui posa la première question, sans prononcer un seul mot, il indiqua de l'index son épouse, à elle de répondre à toute question.

On dit qu'il acceptait ces consultations, rien que pour elle.

« Tous des incompétents, ils ont tort de ne pas t'alimenter en oxygène !!! » s'était-elle écriée alors qu'ils quittaient l'hôpital.

Elle, qui lutta jusqu'au bout pour le bien-être de son époux, ne comprit pas l'énigme de son silence, son héroïsme.

Un soir, elle se plaignit d'avoir mal au dos. « À en mourir », avait-elle dit. Il répondit et sa voix était claire : « Ne fais pas appel à la mort, je te prie. »

La cinquième nuit

La course à pied n'avait jamais été son fort. En ce dimanche matin, suite à une nuit mi-blanche, elle se leva tôt pour se désaltérer, ne put réintégrer sa couche ingrate, enfila pantalon de sport et jaquette, baskets souples, quitta son appartement, le doute et l'hésitation faisant corps avec elle.

Ce n'était nullement dans ses habitudes, pour elle, la marche, c'était tôt l'après-midi ou tard le soir, le six heures du matin, de surplus un dimanche, affaiblie, ramollie comme elle l'était, en mal de sommeil, une première authentique, révélatrice d'un mal-être. Elle s'efforça, intima à ses pas de suivre, suivre sa tête, même pas, suivre son mental, son psychique à zéro, qui disaient zut au cœur, aux poumons, leur surmenage, aux muscles en mal de démarrage, endoloris par les effets, les conséquences de la lettre, malheureuse missive, qu'il avait envoyée, avait tapée au computeur, le traître, pour dire... quelques gouttes de pluie se posèrent avec délicatesse sur son nez, elle leva les yeux vers le ciel. Avait-on le droit d'agir de cette manière, ne s'agissait-il pas aussi d'un acte criminel, comme celui d'ôter la vie à quelques personnes par la lame d'un couteau, la cartouche d'un fusil, lorsque, d'un coup, de but en blanc, on annonçait à la personne qu'on avait décidé d'épouser avec des « je t'aime », des « je ne pourrai jamais vivre » sans toi plein la voix, de l'assommer avec un « aujourd'hui, c'est fini-terminé-exterminé », et on s'en vantait, louant sa sincérité irréprochable, le courage de son honnêteté, la missive preuve à l'appui... ?

Il pleuvait fort, des gouttes serrées, déterminées. Elle les laissa humidifier sa chevelure, la tremper, trempez-moi entière, nettoyage à fond de mon esprit en proie à la déroute, assoiffé de justice.

Assistante juridique, elle travaillait pour deux avocats, rédigeait leurs conclusions et autres, les aidait dans la recherche, jurisprudences de toutes sortes, aussi celles de moindre importance en comparaison d'avec son cas à elle, affaire de cœur, de survie même. Tout un procès était en cours pour une affaire de pommes de terre. Un distributeur-commerçant avait reçu une livraison importante de ce légume, quelques tonnes, les clients s'étaient empressés de prendre possession de leurs commandes. Les pommes de terre étaient pourries. Donc procès à l'importateur, au grossiste et au dossier de croître, s'épaissir incessamment, avec exigences de compensation pour les pertes. Et pourtant, pensa-t-elle, il n'y avait pas eu de victime directe. Juste une question d'argent... il lui fallait bien malgré tout en reconnaître l'importance, pour faire preuve de compréhension envers ceux concernés. Les vraies souffrances, pensa-t-elle, celles qui font vraiment mal, qui engendrent la douleur, ne comptent en rien. Elle courait sous la pluie, un vent s'était levé ou était-ce le carrefour et son courant d'air qui lui donnèrent soudain vigueur et hygiène mentale ? Elle se retrouva non loin d'une boulangerie-pâtisserie, décida d'y faire une halte. Plus que quelques gouttes de pluie de temps à autre, elle ralentit sa course.

Au dîner de l'avant-veille, ils avaient choisi ensemble le menu. Il est vrai qu'elle avait bavardé tout au long du repas... L'avait-il seulement écoutée ? Elle lui avait raconté l'affaire des pommes de terre, puis celle du contrat d'un magasin que le propriétaire ne voulait pas respecter. Elle le revit occupé à manger, il ne levait pas les yeux de son assiette, découpait sa viande en d'infimes morceaux. Avait-elle omis de remarquer de quelconques insinuations émises par son promis, mais alors ses paroles si enfiévrées d'avant, des jours précédents... ne les avait-il pas réellement prononcées ? Elle n'aurait pu imaginer... Son pouls se mit à battre à une vitesse qui lui donna le vertige, elle crut que son cœur allait la lâcher. Combien de mètres jusqu'à la boulangerie... ? On lui donnerait bien un siège, et puis elle ne serait pas seule, le va-et-vient des vendeuses lui assurerait le réconfort dont elle avait besoin.

« Vous êtes sortie courir par cette pluie ! » fut l'exclamation qui la reçut.

Lucie sourit en retour, murmura un « si je peux avoir un café », qu'elle ne comptait même pas boire.

« La salle est fermée, Ahmed et Naotang n'ont pas

encore apprêté le buffet du petit-déjeuner du dimanche. Il y aura foule à neuf heures. »

Lucie se hissa sur le tabouret jumelé à une table haute en métal. Il fallait que son pouls se calmât, et puis au point où elle en était, au pire des cas, tout lui était bien égal. Une pensée rapide à l'intention de ses parents ; ils devront s'y faire.

Mal assise devant une grande tasse de café fumant, elle tenta quelques exercices de respiration qui lui accordèrent un tant soit peu le rétablissement de son harmonie corporelle. Elle pensa demeurer juchée de la sorte, la durée de dix minutes, un quart d'heure, puis de faire appel à un taxi. Le bruit du moteur d'une camionnette se fit entendre. Les vendeuses tendirent l'oreille, le regard fixé à travers les vitres sur les aires de stationnement appartenant à la boulangerie.

« C'est le jeune patron, ce matin, dit une vendeuse.

— C'est parce que c'est dimanche, il n'a pas cours », fit la plus âgée d'entre elles et à ses compagnes de sourire comme avec compassion.

Deux vendeuses sortirent aider au transport. « Place, place aux croissants et petits pains au lait. » Lucie se tordit le cou pour avoir vu sur le personnage au timbre de voix porteur de tant de chaleur, propageant des ondes si paisibles, qu'elle en fût immédiatement touchée, comme jamais auparavant, même à l'écoute de voix de comédiens attitrés.

De taille moyenne, formes et proportions idéales. Les

fées et le Bon Dieu avaient mis la main à la configuration de ce jeune boulanger, pensa Lucie, qui se fit petite afin de ne pas être remarquée.

Après les pains de toutes sortes et les tresses, qui furent alignées sur les étagères, la voix s'éleva pour dire l'attention qu'on devait porter aux tourtes sur commande, « à la rigueur les garder en coulisse, la confection a fourni les mêmes en plus petits, donc il vous faut les exposer, les recommander… ».

« Mais… pour quelle raison la jeune dame est-elle assise dans un inconfort pareil, sur ce tab… tabouret de fortune, de faute de mieux ? » demanda le jeune patron, arrivant à hauteur de Lucie.

Celle-ci tenta de lisser ses cheveux alors que la plus âgée des vendeuses expliquait Ahmed, Notang et le buffet.

Le patron ouvrit la porte qui donnait sur la salle. « Venez, suivez-moi. » Se tournant à demi vers les employées, il leur assura que la salle étant vaste, la clientèle avait droit au confort même à cette heure-ci, « puisque nous ouvrons à six heures trente ».

Lucie voulut expliquer qu'elle n'aurait pas voulu mouiller la salle, que le haut siège lui plaisait, la voix, elle, commandait déjà « un café tout frais à la jeune dame ! ».

Assise, Lucie tint à faire bonne figure, tantôt elle lissait, aplatissait le col de son anorak, pour le relever ensuite, tantôt passait autant que faire se peut sa main en peigne à travers ses cheveux qui collaient en partie sur son crâne. Le patron avait non seulement la voix, mais aussi un visage façonné par la bonté. Elle s'y connaissait en physionomie, formes et expressions. Depuis le temps qu'elle travaillait pour les deux avocats, des centaines de personnes avaient passé le seuil de l'étude et elle avait pu les classer en catégories, en types.

Gênée de recevoir un second café, elle voulut payer tout de suite, le patron arrivait derrière la serveuse, « c'est la maison qui offre ».

« Patron, je vous en sers un ?

— J'en avalerais bien un, merci, quoique Janine, la nouvelle de notre succursale de la gare, attend ses viennoiseries avec impatience. »

Il s'installa face à Lucie, l'examina avec intérêt, interrompant incessamment ses regards sur elle, par feinte discrétion. Lucie pensa qu'elle devait être horrible à voir, elle ne s'était même pas lavé le visage tôt ce matin, tant la pulsion de sortir, de courir avait été forte, tel un appel au secours, une urgence, ou tu entres tout juste dans un pantalon et une jaquette et tu fonces ou tu restes là et tu dépéris pour de bon. Elle avait imité les acteurs dans les films, ils sortent du lit, s'habillent à toute vitesse pour éviter un quelconque retard à un rendez-vous d'affaires, sans que cela porte préjudice à leur élégance, ils ne passent par la salle de bains que si le détail est essentiel pour la suite de l'histoire. Et comme son histoire à elle n'avait plus de suite, elle était donc entrée dans son pantalon et sa jaquette et s'en était allée dans la pluie, le vent, vers la boulangerie, antre de bien-être favorite de la grande majorité de la population mondiale, avec le café et le jeune patron en l'occurrence.

Il ne la regardait plus avec des yeux inquisiteurs, son regard était au repos, cependant ses réflexions allaient bon train. Il ne fallait pas chercher très loin. La jeune femme vivait une déception. Pour qu'elle sorte sous la pluie, à la première heure un dimanche matin, un indice bien évident... Il se serait bien penché sur son cas pour le dernier projet qu'il devait présenter avant l'examen final et à lui le diplôme en psychologie et adieu à la boulangerie familiale, quoiqu'il ait promis au paternel de l'aider de temps à autre.

« Dès qu'on passe le seuil d'une boulangerie, on en capte l'ambiance et on retrouve un certain bien-être, lui dit-elle. J'échangerais volontiers mon poste dans l'étude de mes deux patrons, pour une fonction de vendeuse ici. »

Il lui sourit. Elle en fut transportée. Ici, on vendait de bonnes choses, de belles choses, faites pour la saveur, le goût, à l'étude, on écoutait le négatif, l'injuste, on essayait de le rendre non pas beau, quasiment impossible après les échanges vénéneux, mais neutre, bien que les séquelles demeurent à jamais.

« C'est vrai, dit-il, d'une certaine façon. J'ai hâte de quitter l'entreprise, ses trois filiales. J'espère avoir bientôt mon diplôme en psychologie et, après m'être spécialisé, j'approcherai l'être humain, son ampleur, son énigme, sa profondeur. Les pains, les tourtes, pas pour moi, trop évidents. »

Il n'avait pas ôté son regard du visage de Lucie, remarqua ses traits réguliers, la lecture qui s'y offrait avec franchise, toute en transparence. Il aurait aimé l'approcher de près.

« On vous réclame, patron. Janine au téléphone, clama une des vendeuses.

— Dis-lui que j'arrive. »

Lucie se leva, remercia pour le café.

« Ma camionnette et moi vous attendons dehors, je vous raccompagne par ce temps », dit-il.

Elle dit qu'elle le rejoindrait dans quelques minutes, se dirigea vers l'étalage de pâtisseries, choisit une tourte, paya et sortit.

Il l'attendait, apprécia son geste.

« Vous n'étiez nullement obligée, l'assura-t-il.

— Par ce temps pluvieux, je compte me régaler, fut sa réponse.

— Puis-je me joindre à vous ? »

Au bout du sentier

Mon pas ne se posa pas sur la feuille que l'hiver a froissée, il met son poids, s'écrase plutôt sur le gravillon du sentier, entier, corps, âme et esprit, tu me rejoins à travers les années, me devançant sur le sol rugueux à proximité du lac, à ma hauteur me tenant la main, derrière moi à plus d'un mètre, la branche d'un chêne, aux feuilles rabougries, est couchée au bord du chemin, je me penche, la ramasse, la destine au feu que tu feras à Noël, qui brûlera avec l'encens, deviendra braise, que tu porteras, que tu portais de pièce en pièce, pour purifier, sanctifier, faire appel à l'abstrait, au hors terrestre, le sentier me laisse le fouler, non loin, cet arbre de toujours qui en décembre exhibe ses touffes de gui, sur des branches rachitiques, ce gui que nous achetions pour dire la bonne année, j'en ferai l'achat seule cette fois, perplexe me demanderai la raison de cette obligation, puisque l'échange de nos souhaits s'en est allé, l'habitude vraiment une seconde nature, mais peut-être... te retrouverai-je à la maison sous le branchage festif ?, mes larmes coulent, je ne les sèche pas, contrôle leur débit, j'ai froid, continue ma marche, ne regarde pas du côté du banc où tu prenais place, te reposais en attendant la fin de ma promenade, que ne viendrais-tu pas maintenant, de suite t'y asseoir dix minutes, cinq, moins ?, les beaux rêves, le souhait d'une fausse réalité, pour quelle raison ne sont-ils pas entendus, exaucés ?, la boue s'accroche à mes All Rounder, s'y incruste, il va falloir que je l'extirpe, que je lave les semelles, elles sécheront seules sur les dalles, les tiennes n'y seront pas, l'absence, le manque, l'effroi, les prés alentour sont rasés, jaunis, brûlés par les intempéries, quelques buissons secs, endurcis, font front au froid, à la stérilité apparente, je ne sais pour quelle raison je marche, est-ce que cela me fait du bien ?, la douleur alourdit mes pas, je n'ai plus la force d'avancer, de me traîner sur le sol du retour, un buisson, la solitude de ses deux feuilles brunes capte mon regard, une tache d'un rouge-ocre clair, tel un rayon, une lumière s'y insinue, un rosier d'hiver et sa survie, les roses que tu m'offrais gardent leur inscription, tatouage sans fin, mes pas se succèdent au rythme du souvenir, une rose givrée au bout du sentier, dans la force de sa délicatesse m'attend, je la regarde et te vois.

FIN

Table des matières

Empreintes	9
La Lumière	11
La Gargoulette	38
Face à face	105
La Réponse	107
La Réplique	117
La Facture	133
L'adieu	143
Éternité	145
Devenir autre	146
La première nuit	149
Deuxième veillée	167
Ce matin	172
La troisième nuit	173
La quatrième nuit	177
La cinquième nuit	182
Au bout du sentier	190